핏속의 요정

마이크로
아바타

핏속의 요정

마이크로
아바타

I. 삼십만리의 여정

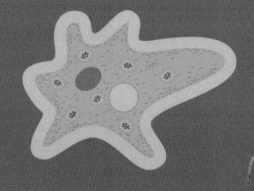

김민태 SF 장편소설

좋은땅

차 례

Ⅰ.

삼십만리의 여정

01.　　　　가지 않았던 길

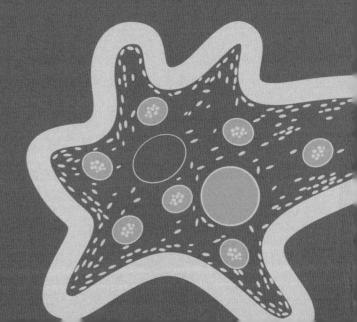

이른 아침 급하게 김 요원에게서 연락이 왔다. 5호실에 입원한 환자의 뇌를 감싸는 혈관의 일부가 터질 조짐이 보인다는 것이다. 1차로 가벼운 뇌출혈이 있었던 환자는 입원 후 두 요원의 진단 μ-아바타(Micro-Avatar)인 DMA*를 혈관에 주입하여 환자를 밤새 관찰하고 점검하였다고 한다. μ-아바타가 된 요원들은 귀가하지 못하고 μ-아바타 연구센터가 자랑하는 μ-아바타실에서 대기하고 있었다.

μ-아바타실에서는 요원과 요원의 DMA와의 교신을 위하여 요원의 뇌파 변조기가 있다. 이 변조기를 통해 μ-아바타 요원의 뇌파는 DMA의 중추신경계의 신호전달체계와 공명하도록 변조된

---

* Diagnosis Micro-Avatar의 약자, 진단이 주된 업무인 μ-아바타

다. 변조기에서 나온 뇌파는 캡슐형 1인 병실 안에 설치된 수신기에서 무선으로 환자 몸속의 DMA에 전달되어 실시간으로 환자의 혈관 안에서 진단 작업을 수행한다. 이 캡슐형 병실은 외부의 신호교란을 완벽히 차단하게끔 설계 및 제작되었다. 이 병실에서는 오직 μ-아바타 요원의 뇌파만 수신하고 환자의 혈관 안에서 μ-아바타는 초음파를 발신하여 μ-아바타 요원에게 전달된다. 환자 몸속에서 μ-아바타로 활동하는 요원들은 일상적인 두뇌활동은 거의 정지된다. 아직은 멀티태스킹은 쉽지가 않다. 멀티태스킹이 된다는 것은 이중의 자아가 생기는 꼴이니 굉장한 혼란이 올 수 있다. 최근에는 김 박사의 μ-아바타 연구센터는 이런 혼란을 억제할 수 있는 시스템을 개발하고자 노력해 왔다.

μ-아바타는 유기물인 아메바로부터 탄생한 것이다. 유전공학과 양자역학 기술을 이용하여 초음파 신호를 발생하는 아메바가 만들어졌다. 이 아메바에 인간의 정자를 심어 뇌파로 그 거동을 조정하게 되면서 μ-아바타라는 이름이 붙여졌다. 의사가 μ-아바타로 변신하여 총 길이가 삼십만리, 즉 12만 킬로미터에 달하는 인체의 동맥, 정맥, 모세혈관 따라 이동하면서 진단과 치유를 할 수 있다. 이 때문에 μ-아바타가 인간 복제의 일종일까 하는 의구심이 많다.

'고지가 바로 저기인데….'

마이크로 아바타

김 박사는 생각이 깊어진다. 인간과 관련된 시험에는 기술적 문제뿐만 아니라 사회적, 윤리적 문제도 따라다니게 마련이라 시간이 많이 걸린다. 멀티태스킹 기술이 완성이 되면 μ-아바타는 요원의 정신을 일부만 빌리게 되는 것이라 요원들의 일상생활은 거의 지장이 없어질 것이고 인간 복제에 대한 논란도 사라질 것이다.

김 박사는 5호실 환자를 대상으로 두 명의 수리/치료 요원의 RMA*를 추가로 파견하도록 조치하였다. 이전에는 요원들은 DMA로서만 활동하고 RMA는 DMA가 조정하도록 하여 RMA 요원은 필요하지 않았다. 하지만 경성대 병원에서의 임상시험에서 DMA가 RMA를 조정하는 과정에서 심각한 결함이 발견되어 당분간 RMA도 따로 요원을 두기로 하였다.

μ-아바타의 활동은 곧바로 보고서로 작성되어 김 박사에게 올라왔다. 5호실 환자의 경우 DMA의 진단에 의거 혈관이 막히는 곳을 RMA가 뚫어 주고 곳곳의 혈관 상처를 치료하거나 굴곡진 부분을 바로잡아 주면서 혈압이 내려가는 것을 확인하였다. DMA의 점검과 진단으로 고혈압의 원인은 거의 파악되었고 RMA가 필요조치를 취했지만 아직 이 환자의 발작적이고 급진적 고혈압의 원인을 찾지 못하였다. 혈관 막힘 외에 여러 요인을

---

*   Repair 또는 Remedy μ-Avatar의 약자

추가적으로 검토해 보기로 하였다.

김 박사는 우선 혈액의 점도를 체크해 보았다. 이 환자의 경우 채취한 혈액의 점도는 일반적인 경우보다 꽤 높은 것이 확인되었다. 이 비정상 혈액 점도가 발작적 고혈압과 관련이 있는지는 아직 모른다. 혈액의 점도는 피가 몸속에 있을 때와 몸 밖으로 나왔을 때가 다를 수 있기 때문이다. 연의대학교의 우주석 교수가 개발한 점도 측정기는 매우 유용하게 쓰이고 있지만 혈관 안에서의 정확한 점도 측정은 쉽지가 않다. 김 박사는 우 교수의 도움으로 DMA에 그 기능을 추가하려 하고 있다.

고혈압의 원인으로 고려된 것 중의 하나는 신장의 활동에 관한 것이다. 신장의 기능이 약하면 노폐물이 혈관에 농축되기 때문에 혈압이 높아질 수 있다. 5호실 환자의 경우 신장의 기능은 정상이었다. 이 환자의 폐 기능도 점검해 보았다. 폐에서 공급받은 산소의 양이 적으면 핏속의 산소 농도가 낮고 필요한 양을 보내기 위해서는 혈압이 높아지고 맥박이 빨라야 한다는 것이 논리적이다. 그렇지만 이 환자의 폐 기능도 크게 문제가 없는 것으로 파악되었다. 결국 혈관 안에서 혈액의 점도가 간헐적으로 변화가 있을 수 있다는 가정하에 DMA가 환자의 혈관을 돌아다니면서 정성적이지만 점도 변화를 점검해 보기로 하였다. 혈액의 점도가 높으면 DMA나 RMA의 이동이 어려워진다. 특히 외기 온도가 낮아질 때 혈액의 점도가 급격히 높아지는 겔화

(Gelation) 현상이 발생하여 μ-아바타의 이동이 거의 불가능하게 된다. 이 경우 μ-아바타가 특수한 화학 물질을 분비하여 혈액의 점도를 낮출 수 있도록 조치한다. 김 박사는 5호실 환자의 팔과 다리 부분에 온도 변화를 주어 겔화 현상을 살펴보기로 한다.

제1세대 μ-아바타인 μA1a는 환자의 혈액을 채취하여 체외에서 혈액에 섞어 1시간 동안 이상 반응 유무를 살펴본 후 주사기를 통해 환자의 혈관 안으로 투입되었다. 반면 제2세대 μ-아바타인 μA2b는 환자의 피부 표피층에서 그 이상 반응 유무를 확인한 후 콧속의 표피를 통해 흡수되도록 하고 있다. 또한 μA2b는 적혈구에서 산소를 공급받고 혈액의 양분을 에너지로 활용하여 12시간 이상 환자의 혈관 속에서 활동할 수 있다. 이 기능은 경성대 병원에서의 임상시험으로 일부 확인된 바가 있다. 5호실 환자의 경우는 μA2b가 아직 임상시험이 완전히 끝나지 않아 채취된 환자의 혈액에서 증식된 백혈구와의 반응뿐만 아니라 환자의 피부 표피층에서의 반응을 점검하였다. 이러한 과정을 거친 μA2b는 5호실 환자의 혈관 속에서도 이상 반응을 일으키지 않았고 환자의 혈액에서 산소와 양분을 공급받아 활기차게 움직이는 것도 확인되었다. μA2b는 백혈구도 제어하는 기능이 부가되어 있어 이 기능에 대한 임상시험도 계획하고 있다. 임상시험이 완료되면 시험 전이라는 의미의 'b (before)'는 시험 후를 나타내는 'a (after)'로 대체되어 μA2a가 될 것이다.

   μ-아바타에 관한 연구는 미의연*에서 김 박사의 주도로 수행되어 왔다. 하지만 최근 μ-아바타 연구센터가 독립하면서 그 역할이 μ-아바타 연구센터로 넘어 왔다. 미의연 원장이었던 김 박사는 미의연을 사임하고 μ-아바타 연구센터의 센터장에 취임하였다. 김 박사가 원했던 바였고 센터장이라는 보직을 맡았지만 μ-아바타와 관련된 연구 개발에 직접 참여하고 있다.

   '혐기성 미생물 중에 일산화탄소를 먹어 치우는 종류도 있다고 하는데 RMA가 적혈구와 일산화탄소가 결합하지 못하도록 하는 기능도 부가할 수 있지 않을까?'

   김 박사는 문득 이런 아이디어를 떠올리며 메모지에 간단히 메모를 해둔다. 그리고 커피 한잔을 뽑아 들고 연구실 책상에 놓인 김 박사의 명패를 보며 그동안의 우여곡절을 돌이켜 본다.

<<센 터 장 김 행 헌 박 사>>

*

---

* '국립미래의료기술연구원'의 줄인 말

내가 주도하여 유기체인 μ-아바타를 만들기 전에 초미니 로봇을 개발하여 혈관 안에 주입하는 시도는 많이 있었다. 로봇이 모세혈관까지 진입하려면 모세혈관 크기보다 작아야 했다. 한 층의 내피세포로 이루어져 있는 모세혈관은 그 지름이 약 0.2 밀리미터, 즉 200 마이크로미터 이하이다. 이 정도 크기보다 작은 로봇을 만들기는 사실상 불가능하였다. 구성 부품은 이보다 훨씬 작아야 했다. 무기물로 된 로봇은 그 크기가 1 밀리미터 정도가 한계였으며 대동맥이나 대정맥에만 한정적으로 사용하는 것만 시도되었다. 반도체 공정을 이용하여 제작된 마이크로 로봇은 부품 수가 적고 수명이 짧아 처음부터 난관에 봉착하였다. 기술이 처음부터 원하는 대로 신속하게 개발되는 것은 아니지만 마이크로 로봇기술은 개발되면 될수록 더 많은 문제점이 노출되어 개발에 대한 회의론이 득세하였다. 또한 엄격해진 동물 실험에 관한 윤리 문제로 생쥐를 이용한 실험도 제약이 많았다.

제한적인 생쥐 실험에서 확인된 가장 큰 문제점 중의 하나는 마이크로 로봇이 오작동을 일으키거나 작동을 하지 못하면 혈관 안에서 떠돌아다닌다는 점이었다. 최첨단 기술로도 혈관 안의 로봇 폐기물을 혈관 밖으로 배출하는 것이 불가능하였다. 이런 문제가 생기면 환자가 더 위급한 상황을 맞이할 수 있었다. 그밖에도 혈액과의 이상 반응이나 혈류 방해 등 마이크로 로봇을 인체의 혈관에 적용하기 위해서는 넘어야 할 장애물이 너무 많았다. 이 문제들은 로봇이 아무리 작아도 극복하기 불가능할 것으로 평가되었으며 인체 혈관을 탐구하는 로봇 개발 사업은 중단되거나 폐기될 것으로 예상되었다.

　나는 로봇을 혈관에 투입하는 것에 대해서는 처음부터 회의적이었고 이러한 개발 과정을 멀리서 지켜보면서 로봇을 아메바로 대체하는 생각을 해 보았다.

　'아메바는 단세포 원생동물로 그 크기는 0.02 내지 0.5 밀리미터, 또는 20 내지 500 마이크로미터이다. 모세혈관의 지름이 0.2 밀리미터이니 모세혈관에도 충분히 적용이 가능할 것이다. 그 형태가 일정하지 않아 필요에 따라 영화 〈트랜스포머〉처럼 자유로이 변형할 수도 있고 사람과 달리 뼈가 없으니 가래떡처럼 길게 늘일 수 있으니 두께가 일정하지 않고 복잡한 혈관 안에서의 활동에 적합할 것이다.'

　사람 몸속에도 사는 아메바도 있다 하니 매우 호기심이 당겼다. 한때 뇌 먹는 아메바가 굉장한 화젯거리가 된 적이 있었다. 뇌를 먹지 않고 혈액 속에 노폐물을 먹어서 없애 버린다면, 그렇게 하도록 제어가 가능하다면 더 이상 바랄 것이 없을 것이라는 생각을 해 보았다.

　　　　　　　　　　　　　　　　마이크로 아바타

'그래. 이런 아메바를 이용하여 영화 같은 아바타를 한번 만들어 보자. 그 아바타의 크기가 마이크로(μ)미터 정도이니 μ-아바타라고 하자.'

아메바를 μ-아바타로 할 경우 자기 복제와 같은 윤리문제를 야기하였다. 〈아바타〉라는 영화에서는 이런 내용을 전혀 다루지 않았다. 영화는 영화일 뿐이었다. 초기에는 마이크로미터 크기의 아바타를 만드는 기술적인 문제에만 치중했고 윤리적 문제는 간과하였다. 나는 아메바 크기의 아바타를 만드는 것에 윤리적 문제가 있을 거라고는 상상을 하지 못하였다. 이 문제는 연구가 진행되면서 본격적으로 다루기로 연구소 당국에 약속하고 아메바로부터 μ-아바타의 구현을 위한 기술개발에 착수하였다. 그 당시 구체적으로 약속한 것은 없었고 초기에 문제의 심각성을 인식하여 연구 개발 초기에 대비했더라면 하는 후회가 되었다. 우여곡절 끝에 μ-아바타가 승인이 되었지만 μ-아바타에 대한 윤리적 문제가 불거지면 비토세력으로부터 음해성 공격을 받곤 하였다.

연구를 본격적으로 수행하기 전에 광범위한 사전조사가 필요하였다. 그 누구도 이런 연구를 해 본적이 없기 때문에 수많은 시행착오를 각오해야만 하였다. 실행 가능한 기획을 해야 했고 그것도 철저하게 해야만 하였다.

'건물을 짓기 위해서는 설계가 매우 중요하다. 설계의 완성도가 높으면 건물의 완성도가 높아지는 것은 당연한 이치이다. 완성도 높은 설계도는 사전에 가능한 한 많은 자료를 찾아보고 공부를 하는 것이 전제되어야 한다.'

연구 개발의 가장 초기 단계에서 해야 할 사전 연구는 비공개로 수행하는 것이 좋을 듯하였다. 먼저 떠벌일 일이 아니었다. 도움이 되지 못할지언정 방해는 하지 말아야 하는데 어떤 조직에도 그런 사람들이 항상 있었다. 아이디어 차원에서도 짜증 날 일이 많아진다. 스스로 기획하지 못하는 상사의 경우 책임만 밑으로 보내고 권리만 가지려고 하였다. 아집이 강해 먹통이라는 별명을 가진 상사도 있었다. 어떤 기획도 아이디어도 상관없이 무시하곤 하였다. 이런 경우에는 몇 번이고 설득해야 할 수밖에 없었다. 진이 빠지는 일이었다. 처음에 잘나가다가 엉뚱한 곳에서 쓸데없는 문제를 만들어 산통을 깨는 상사도 있었다. 다 된 밥에 재 뿌리는 격으로 최악의 경우였다. 이러한 사람들이 조직의 수장일 경우 사전 연구는 더욱더 은밀히 진행해야 한다. 나는 이런저런 사정을 고려해 개인적인 차원에서 최대한 극비로 사전 연구를 수행하기로 하였다.

'아메바에 사람의 유전자를 심으면 그 사람과 소통이 가능한 μ

-아바타를 만들 수 있지 않을까? 그럼 먼저 아메바라는 원생동물에 대해 알아보자.'

이런 생각을 하면서 먼저 떠올린 사람이 미생물학자인 보문대학교의 이찬구 교수였다. 평소 친분이 있었던 이 교수에게 연락하여 뇌 먹는 아메바를 비롯한 아메바에 대하여 세미나를 요청하기로 하였다. 그 세미나에서 원생동물을 제어할 수 있는 길이 있는지, 이런 제어 가능성이 조금이라도 있다고 판단되면 이 교수에게 연구 과제 참여를 제안해 볼 생각이었다.

이 교수에게 전화를 걸었다. 전화는 받지 않고 곧바로 문자메시지가 왔다. 학회 참석 중이라 나중에 전화 주겠다는 메시지였다. 나는 문자로 시간되면 아메바와 관련한 세미나를 할 수 있겠느냐는 간단한 메시지를 남겼다. 그 사이 구체적으로 어떤 내용의 세미나를 요청할지 생각해 보기로 하였다. 두 시간쯤 뒤에 이 교수로부터 전화가 왔다. 나는 이 교수에게 간단히 안부를 전한 다음 용건을 얘기하였다. 그리고 세미나를 요청하면서 세미나 내용에 포함되었으면 하는 사항을 이야기하였다. 그것은 아메바의 변형 능력, 아메바의 식성, 번식, 아메바를 제어할 가능성 등등이었다. '등등'에 대해서는 차후에 추가하기로 하고 확인을 위해 이메일을 보내기로 약속하였다. 날짜는 한 달 후쯤으로 하고 이 교수가 조만간 가능한 날짜를 정해 알려 주겠다고 하였다. 이 교수의 세미나 내용이 기대되었다. 그 내용을 기반으로 μ -아바타에 대한 생각을 정리하고 기초 과제에 대한 계획을 세우려하였다.

'그런데 아메바가 μ-아바타가 되기 위해서는 인간의 유전자를 접목할 수밖에 없지 않을까? 그 복제 기술이면 μ-아바타를 탄생시킬 수 있을 것이다.'

오래전에 한국을 떠들썩하게 만들었던 복제 기술이 생각났다. 아직도 민감한 주제이고 황유식 박사의 연구 결과의 진위 문제로 논란이 많았었지만, 미국을 비롯한 해외에서 활발히 연구 중으로 상당한 진전이 있다고 매스컴이 소식을 전하고 있었다. 국내에서는 연구가 그리 활발하지는 않지만 소수의 연구그룹이 있는 것을 나는 알고 있었다. 자료를 찾아보니 홍주철 박사가 검색되었다. 나는 홍 교수와는 만난 적이 없었다. 이력을 보니 홍교수는 황유식 박사 연구팀에 학부생으로 참가하였다. 그 후 미국으로 건너가 동물 유전학 분야에서 박사학위를 받았고 홉킨스 병원에서 연구원으로 재직하다 몇 년 전에 귀국하여 개성대학교 수의학과에서 연구를 계속하고 있었다. 홍 교수도 초청해서 강연을 한번 들어볼 생각을 하였다. 줄기세포가 어떻게 다른 인체의 기관이 되는 것인지 그리고 그 기관의 크기를 작게도 할 수 있는 것인지 등이 궁금하였다. 이에 대해 시간을 두고 공부하기로 하고 자료가 정리되고 구체적 아이디어가 떠오르면 홍 교수에게 연락하기로 하였다.

관련 자료를 찾아보니 오래전 황 박사가 시도했던 맞춤용 배아줄기세포 기술이 눈에 들어왔다. 난자의 핵을 제거한 후 체세포 핵을 넣어 세포분열 시키는 기술인데 상당한 진전이 있어 보였다. 여기서 생긴 내 아이디어는 난자 대신에 아메바에서 핵을 제거하고 체세포 핵을 넣는 것이었다.

'체세포 핵이 분열하지 않고 체세포 핵으로 대체된 아메바가 μ-아바타 역할을 할 수 있지 않을까?'

불현듯 정자가 생각이 났다. 정자의 크기는 폭 2 내지 4 마이크로미터, 총 길이는 40 내지 50 마이크로미터로 그 크기가 8 마이크로미터인 적혈구의 1/3 수준이다. 나는 아메바에 정자를 투입하여 아메바를 조정하는 시나리오를 상상해 보았다.

'그래. 사람의 유전 정보를 가진 정자를 이용하면 μ-아바타를 만들기가 그리 어렵지 않을 것이다. 어떤 식으로든 아메바가 정자를 품을 수 있다면 μ-아바타 주인의 뇌파와 동기화하기 어렵지 않을 것이다.'

나는 이런 기대감을 가지고 홍 교수에게 전화하였다. 마침 전화를 받았다. 전체적인 취지를 얘기하고 난자에서 핵을 제거하고 다른 세포핵을 넣는 것에 대해 중점적으로 발표해 달라고 요청하였다. 그렇지만 μ-아바타 이야기는 하지 않았다. 홍 교수는 흔쾌히 수락하였다. 얼마 전에 관련 발표한 자료가 있어 좀 수정한다면 그다음 주에라도 세미나가 가능했다고 하였다.

'유전 정보를 가진 것이 DNA이다. 영어로 Deoxyribo Nucleic Acid이고 이것을 한글로 표기하면 디옥시리보 핵산이다. DNA는 스스로를 복제하고 유전 정보를 통해 유전자 발현이 일어나게 하는 것으로 알려져 있다. 여기서 핵심은 아메바에 사람의 DNA를 심어 μ-아바타를 만드는 것이다.'

DNA 전문가인 안동낙 박사가 떠올랐다. 얼마 전 미국에서 열린 한 학회에서 그를 만났다. 그의 명함에는 영문 이름이 있는데 약자로 DN Ahn이다. 그래서 자신이 DNA 전문가가 되었다고 농담 삼아 이야기하곤 하였다. 유쾌한 사람이었다. 안 박사에게도 자문을 요청할까 하는 생각을 해 보았다. 안 박사는 현재 미국의 홉킨스 병원에서 연구원으로 재직하고 있어 당분간 국내에서 초청 세미나를 하는 것은 쉽지 않았다. 나는 이메일로 가끔 자문을 요청하기로 하였다.

*

    관련 분야의 여러 전문가들과 교류하고 아이디어와 자료를 정리하여 μ-아바타 개발에 착수하였다. 내가 소속된 미의연의 천기태 원장이 적극적으로 밀어주어 비밀스럽게 출발하였다. 하지만 개발에 착수하면서 μ-아바타에 관한 내용이 조금씩 사람들에게 알려졌다. 많은 사람들이 반신반의 하였고 일부는 무모한 연구이고 임상시험이 불가능할 것이므로 성공 가능성이 없다고 폄하하였다.

    처음에는 전체적인 내용을 모르고 연구 과제의 일부를 맡기로 한 홍 교수는 매우 흥분되어 전화가 왔었다.

    "아니 김 박사님. 정말 마이크로 아바타가 정말 실현가능할까요?"

    μ-아바타라는 단어 앞뒤로 '정말'이라는 단어를 써 가면서 자신의 의구심을 드러내었지만 목소리만큼은 호기심이 가득하였다. μ-아바타 개발에 홍 교수가 핵심적인 역할을 하였다. μ-아바타가 되기 전의 아메바를 유전자 조작을 통해 초음파를 발생할 수 있도록 하였다. 아메바가 가진 이 기능으로 μ-아바타 주인과 μ-아바타와의 교신이 가능해졌다.

    μ-아바타를 개발하면서 백혈구가 μ-아바타를 단순히 세균이나

바이러스와 같은 이물질이라 생각해 공격하지 않도록 만드는 것도 난제였다.

'세균은 박테리아와 같은 단세포 미생물로 그 크기가 0.2 내지 10 마이크로미터이고 바이러스는 생물과 무생물의 중간 존재인 비세포성 반생물로 그 크기가 박테리아의 1/100밖에 되지 않는다. 이런 세균이나 박테리아와 μ-아바타를 백혈구가 구분할 수 있어야 한다. μ-아바타가 백혈구를 제어할 수 있으면 더욱 바람직한 일이다.'

말하자면 μ-아바타가 만들어지더라도 백혈구와의 교감이 이루어져야 하고 피의 다른 성분과의 이상 반응이 생기지 않아야 하였다. 이를 위해 독일 베를린에 있는 훔볼트 대학병원의 백혈구 증식기술을 도입하였고 스위스 취리히 병원의 자가면역질환 전문가인 헬무트 박사를 은퇴 후 우리 연구 팀에 합류시켜 이 난제를 해결해 나갔다.

반려견이나 반려묘를 대상으로 한 임상시험은 동물학대 등의 문제가 제기되었지만 큰 반대는 없었다. 사람을 대상으로 한 임상시험이 문제였다. 경성대 병원과 공동으로 임상시험을 수행하기로 했지만 아무리 죽어 가는 환자라도 시험에 자원하는 사람이 없었다. 고민이 되었다. 다 된 밥인데 멈출 수는 없었다. 그

때 헬무트 박사가 자원하여 나서 주었고 사람을 대상으로 한 최초의 임상시험이 미의연에서 성공적으로 마무리되었다. 우리 팀의 장권룡 박사가 μ-아바타가 되어 헬무트 박사 몸에 들어가 많은 실증 데이터를 얻었다. 헬무트 박사는 자신의 몸에 자신의 μ-아바타를 투입하는 것도 제안하여 내가 생각하지도 못했던 시험도 하게 되었다. 이 과정에서 위급한 상황도 발생했지만 헬무트 박사는 잘 극복하였고 다른 환자들이 임상시험에 참여하는 동기를 부여하였다.

경성대 병원에서도 어렵사리 한 환자를 수배하였다고 연락이 왔었다. 혈액암을 앓고 있는 어린 환자였다. 내가 μ-아바타가 되어 처음으로 사람의 혈관 속으로 들어가 보았다. 나는 μ-아바타로서 그 환자 혈액에 있는 비정상 백혈구를 사멸시키고 혈액암 발생 원인을 제거하여 혈액암을 완치시켰다.

이런 임상시험 결과가 알려지자 여러 말기 환자들이 임상시험에 동참하여 많은 성과를 내었다. 그중에는 막 사망 선고가 내려진 환자도 있었다. 그 환자를 대상으로 헬무트 박사의 μ-아바타를 투입하여 놀라운 결과를 얻었다. 사망 판정을 받았던 환자가 짧은 시간이었지만 다시 살아났던 것이었다. 정말 놀랄 일이지만 어처구니가 없는 일이기도 하였다. 그리고 사망 판정을 신중히 해야 하는 것이 아닌가 하는 생각도 들었다. 사실 그 환자는 뇌사 상태였기에 죽은 뇌세포를 복구하기는 불가능하였다. 그 환자 보호자는 뇌 이외에 신체 기능이 잠시 살아났음에 감사하였고 미의연의 임상시험에 계속 협조하기로 하였다.

나는 갑자기 유명 인사가 된 것 같았고 방송에도 출연 요구가 쇄도하였다. 하지만 추가로 개발할 것이 많았고 아직 갈 길이 멀다고 생각해 간단한 인터뷰만 응해 왔다. 여태까지의 임상시험의 결과를 정리하고 μ-아바타에 대해 다른 기능을 부여하고 피부를 통하여 투입하는 방법도 개발하고 싶었다.

하지만 호사다마라 할까. 경성대 병원에서 임상시험에 참가한 한 환자에게 정말 잘못된 결과가 나타났다. 비교적 양호했던 환자의 상태가 μ-아바타 투입 후 급하게 나빠져 사망에 이르렀다. 그 원인을 알아보니 그 환자와 맞지 않는 RMA가 투입된 것처럼 보였다. 그 결과 RMA가 이상 증식하여 환자의 뇌혈관이 파손되었고 뇌출혈이 발생하여 환자는 사망하였다. 맞지 않는 RMA가 어떻게 투입되었는지, 어디서 오류가 났는지 알 수가 없었다. 이 환자를 돌보는 주치의가 μ-아바타가 되어 우리 팀의 장 박사의 μ-아바타와 동행했었다. 환자의 혈관 안에서 주치의의 DMA가 RMA를 조정하는 상황이었는데 주치의의 DMA가 그 기능을 제대로 하지 못하고 사고가 났다. 환자의 보호자는 정말 억울하고 원통해 하였다. 환자에 대한 여러 기록을 살펴보니 문제는 없었다. 명백한 의료 사고였다. 심하지는 않았지만 비난 여론이 생겨나기 시작했고 병원 당국은 나에게 모든 책임을 전가하는 태도를 취하였다. 나는 이 임상시험 사고의 결과에 대한 책임을 져야 하였기에 차분히 그 원인을 되짚어 볼 여유도 없었다. 의심 가는 바가 있었지만 당장 어쩔 수가 없었다. 환자 가족에게 사과하고 병원 당국과 보상 문제를 협의하도록 조치하였다. 나는 미의연의 권 모수 원장과 상의를 하고 권 원장의 권유에 따라 1년의 안식년을 갖기로 하였다. 비난 여론도 있었지만 개인적으로 응원의 글도 많이 받았다. 차라리 잘되었다 싶었다. 그동안 μ-아바타를 개발하고 실전에 투입하기 위해 쉼 없이 달려왔었다. 이제는 좀 쉴 때가 되었다고 생각하였다. 안식년을 위해 함의연*의 객원 연구원으로 가 볼까 하는 생각을 해 보았다. 그간의 사정을 알게 된 나의 오랜 동료였던 안디가 초청의사를 전해 왔었다.

'그래. 독일로 가는 거다. 내 유학시절의 꿈과 첫 직장이었던 함의연에서의 열정이 깃든 함부르크에서 재충전하자.'

---

* 독일 함부르크에 있는 '함부르크 의공학연구원 (Hamburg Medical Engineering Research Institute)'의 줄인 말

02. 여정의 시작

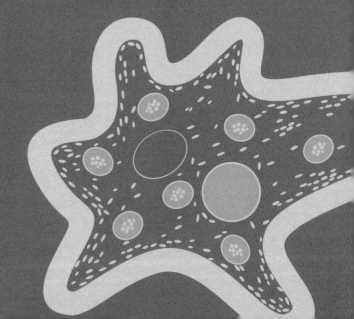

나는 한국에서 재료공학으로 석사학위를 받았지만 독일로 건너가 의학 공부를 하고 싶었다. 쉽지 않은 결정이었지만 사람과 직접 소통하고 병을 고칠 수 있는 의학이 기계나 소재를 다루는 것보다 더 마음에 다가왔었다. 전공이 달랐기에 독일에서 의대에 입학하는 것은 쉽지가 않았다. 어렵게 함부르크에 있는 학교에서 입학 허가가 났고 대학 당국과 협의하여 한국에서 의예과를 수료한 것으로 인정을 받았다. 독일에는 의공학 분야가 발달되어 있어 재료공학 석사학위는 의과대학에 입학하는 데 적지 않은 도움이 되었다. 서울의 부모님에게는 독일에 오기 전에 허락을 얻었었다. 허락이라기보다 거의 일방적인 통보였지만, 아들이 의사가 된다는 말에 크게 반대는 하지 않았다. 의료장비는 모두 공학기술의 산물이다. 공학 석사학위가 향후 내가 하는 일에 좋은 밑거름이 되어 줄 것으로 생각되었다. 나는 그 당시 한국에는 개념이 없었던 의사과학자가 되고 싶었다. 의학 공부가 끝나고 의사과학자로서 독일의 관련 연구소에서 경력을 쌓다 보면 한국에서 유사 연구소가 생길 것으로 생각되었다. 사실 독일에서의 의학공부는 사전에 지식이 없어 궁금하기도 하였다. 나는 일반 의사가 아닌 의사 공학자가 목표였기에 의대의 공통 필수과목을 제외하고는 의공학에 관련된 과목을 수강하였다. 함부르크 의대에는 대학병원 소속의 의공학 교수는 없었다. 생화학, 전기 및 전자공학, 컴퓨터공학, 기계공학, 약학, 유전공학, 생물학 등의 관련된 과목은 해당 학과에서 수강해야 하였다. 진단이나 수술 등에 있어서 의료장비는 필수 요소였고 질병으로부터 인류를 보호하기 위해서 사용의 편이성, 진단의 정확성, 수술의 신속성 등의 측면에서 끊임없이 개선되고 개발되어야 하였다. 이런 의미에서 관련 학문과 기술을 두루두루 아는 것이 매우 중요하다는 것을 나는 잘 알고 있었다. 의료공학 분야는 상당히 많은 주제를 다룰 수밖에 없었고 이 중에 어떤 방향을 선택하여 가야 할 것인지 결정하기 쉽지 않았다.

대학 3년 차에 나는 의공학자로서의 진로를 결정할 연구실을 선택해야만 하였다. 선택의 시간이 다가오고 있었다. 그즈음 뇌혈관 기술과 관련된 실험실에서 장비를 관리하는 요르크라는 테크니션과 좀 친하게 지내고 있었다. 하루는 이번 여름 노르웨이 피오르드를 여행할 거라고 하였다. 피오르드로 여행을 간다? 귀가 솔깃하였다. 노르웨이는 가 본 적이 없고 피오르드 또한 직접 본 적이 없었다. 한여름에도 눈이 쌓인 산이 있고 만년설도 볼 수 있으니 그곳을 여행하면서 내 진로에 대한 결단을 내리리라 마음을 먹었다.

"피오르드가 있는 노르웨이는 여행하기 좋은가요?"

나이가 좀 지긋한 삼촌과 같은 요르크에게 물어보았다.

"나는 한 친구랑 매년 여름에 노르웨이를 여행하는데 정말 좋아. 알프스는 노르웨이 발밑에도 못 따라오지."

"저도 같이 갈 수 있을까요?"

"물론 대환영이지."

요르크는 흔쾌히 응했고 같이 갈 피터라는 친구에게 물어보겠지만 별문제는 없을 것이라 하였다. 그래서 나, 요르크, 그리고 요르크의 친구인 피터 셋이서 피터의 차를 타고 덴마크를 거쳐 노르웨이로 가게 되었다. 피터는 은행에서 일하는 독일인으로 요르크보다는 나이가 최소 열 살 정도는 어려 보였다. 이 둘은 매년 8월 중순에 둘이서 노르웨이를 2주 정도 다녀온다고 하였다.

함부르크를 출발한 피터의 작은 차는 이내 독일의 북부 도시 킬(Kiel)을 지나 국경에 도달했고 이어서 산이 없는 덴마크를 심심하게 달렸다. 도중에 피터가 한 말이 생각이 났다.

"덴마크의 최고봉의 높이는 얼마일 것 같아?"

"글쎄….”

"150 미터쯤 되는데 멀리서 보이는 저 봉우리야. 흐흐.”

정말로 드넓은 평지뿐이었다. 여기서 사는 것이 얼마나 지겨울까? 하는 생각을 해 보았다. 출발한 지 5시간이 지나서 우리 일행은 덴마크 수도인 코펜하겐에 도착하였다. 코펜하겐의 8월의 어느 날 오후 4시. 한국의 8월이면 아직 여름이 열기가 가득한 오후겠지만, 북위 55도에 위치한 코펜하겐은 가을날을 닮은 듯 쾌적하였다. 그 유명한 인어공주 동상을 잠깐 만나 본 후 피터의 차는 코펜하겐-오슬로를 오고가는 배가 정박해 있는 항구로 향하였다. 적지 않은 차들이 대기하고 있었다. 이윽고 고래의 몸속으로 삼켜지듯 우리들은 페리라 불리는 그 배의 배 속으로 차와 함께 빨려 들어갔다. 그다음 날 오슬로항에 도착하면 근교에서 1박 야영을 하고 목적지인 요툰하임 국립공원 내에 있는 산장 같은 민박집으로 떠날 예정이었다.

요툰하임 국립공원의 한 민박집에서 짐을 푼 우리들은 첫날과 이튿날은 근처 산을 다녀왔고 3일째 휴식을 취할 겸 피오르드가 아주 잘 보이는 카페 겸 식당을 찾았다. 실제로 노르웨이에서 본 피오르드는 생각보다 길고 폭이 넓었다. 한번 빛이 들어가면 빠져나오지 못할 것 같은 짙푸른 물색은 피오르드가 얼마나 깊은

마이크로 아바타

지를 가늠조차 불가능하게 만들었다. 엉뚱하게도 나는 피오르드가 노르웨이에 신선한 피를 공급하는 동맥과 같다고 생각하였다. 그 피오르드 위를 오가는 여객선을 보며 먼 훗날 의공학 기술이 발달하면 혈관 속으로 아주 작은 잠수정 같은 것을 보내 인체를 여행할 수 있을지도 모르겠다는 생각을 해 보았다.

'아! 그래. 혈관과 관련된 연구실로 가 보자. 혈관 속을 여행할 수 있는 기술을 한 번 개발해 보자. 그러면 사람들의 건강 문제를 잘 파악할 수 있고 수명을 연장할 수 있을 것이다.'

이런 비전을 달성하는 데 가장 근접한 실험실 중의 하나가 바로 요르크가 일하고 있는 뇌혈관 연구실이었다. 그 연구실을 이끄는 인물은 밀러 교수였다. 뇌혈관 연구실은 뇌로 드나드는 혈관과 뇌와의 관계에 대해 연구하는 연구실로서 뇌공학과도 상당한 연관이 있었다. 컴퓨터 시뮬레이션을 통한 뇌의 거동, 뇌의 3차원 영상 등 의공학과 관련한 부분에서도 첨단 연구를 수행하는 연구실이었다. 인기가 많은 연구실이라 지원자가 많았다, 내가 한국에서 석사학위를 하면서 양자역학을 비롯한 물리학 분야에서 공부를 많이 한 것이 인정을 받았고 뇌혈관 연구실에 필요한 학과목을 많이 이수하였기에 밀러 교수의 선택을 받았다. 이 연구실에서 졸업하면 의사 자격증과 공학박사 학위를 동시에 받을 수 있었다. 의공학자로서 관련 연구소에서 계속 연구 개발을 할 수 있지만 대학병원 등 대형 병원에서 의사 생활도 할 수 있었다. 나는 혈관에 대한 연구경력을 쌓고 어느 시점에 귀국하여 국내에서 자리 잡을 생각이었다. 그 자리가 의공학연구소였다. 하지만 아직 한국에는 독립된 의공학연구소가 없었다. 일부 제약회사에서 의료기기를 개발하는 부서는 있었지만 나는 관심을 가지지 않았다. 생명공학이 발달하면 언젠가는 한국에서도 의사과학자가 필요한 연구소가 생길 것은 자명한 일이었다. 국회 보건복지위원회에서 국립의공학연구소 설립에 대한 논의가 활발히 이루어지고 있다는 얘기도 들려왔다.

*

어느 날 밤 전화벨 소리가 잠결에 들려왔다. 꿈속인 양 아니 꿈에서는 전화를 받았지만 벨 소리는 계속 울렸다. 그제야 나는 후다닥 일어나서 전화를 받았다. 그렇지만 뚜 하는 소리와 함께 전화가 끊긴 것을 알았다. 잠시 서울 본가에서 무슨 일이 생긴 것이 아닌가 하고 어두운 방에서 홀로 침대에 멍하니 걸터앉아 있었다. 커튼이 쳐진 창문을 바라보니 어렴풋이 날이 밝고 있음을 알 수 있었다. 시계는 5시 30분을 가리키고 있었다. 한국은 점심시간이 지났을 무렵이었다. 따르릉. 좀 전의 전화벨 소리가

마이크로 아바타

다시 울렸다. 급히 수화기를 들고 "여보세요."라고 말하니 감이 좀 먼 듯한 여성의 목소리가 들렸다.

"혹시 김행헌 박사님 되시나요? 잠시만요."

다른 사람을 바꾸어 주는 것 같았다.

"김 박사님. 박상동 원장이라고 합니다. 너무 일찍 전화를 드린 것이 아닌지 모르겠네요."

"아니오. 괜찮습니다."

"이곳은 오후 시간이라 퇴근 전에 뭔가를 결정해야 할 것 같아 실례를 무릅쓰게 되었습니다. 다름이 아니라 작년 국회에서 의공학연구소 설립에 관한 법이 통과되었습니다."

"아 그렇군요. 정말 반가운 소식이네요."

내심 박 원장의 다음 말이 기대되었다.

"그 일환으로 생긴 연구소가 국립미래의료기술연구원인데 제가 초대 원장으로 취임하게 되어 할 일이 많습니다. 가장 큰 임무가 국내외 우수 인력을 확보하는 것인데 김 박사님이 마침 독일 함부르크의 관련 연구소에서 일하고 계신다는 정보를 입수하고 연락을 드리게 되었습니다."

리쿠르트 전화였다. 한국에 의공학연구소가 생기니 반갑고 귀국하고 싶다는 생각이 들었지만 마음에 걸리는 일이 있었다. 최근 내가 근무하고 있는 함의연에서 내가 제안한 연구 과제가 통과되었고 막 연구를 시작할 참이었다. 최소 3년은 걸릴 연구 과제였다. 무책임하게 사직서를 낼 수 없었다. 가능하다면 그 동안 연구를 하면서 귀국을 준비할 수 있을까하는 생각이 들었다. 나는 박 원장에게 양해를 구했다. 그리고 함의연에서 연구 과제를 수행하면서 미의연을 밖에서 도울 수 있는 방법을 생각해 보겠다고 하였다.

"김 박사님을 당장 모시고 싶지만 김 박사의 사정상 그것이 어려우니 김 박사님의 의견을 따르겠습니다. 그리고 김 박사님의 연구 과제에 미의연이 참여하여 재정적으로도 지원하는 방안도 검토해 보겠습니다."

함의연에서 시작하는 연구는 철산화물 나노입자를 동물의 혈관에 투입하고 그 산화물을 자화시켜 혈관 안에서의 거동을 살피는 일이었다. 나노기술이 발달하면서 마그네타이트 등 철산화물을 나노입자로 만드는 방법은 널리 상용화되어 있었다. 철산화물 나노입자가 혈관을 따라 온몸을 돌아다니게 하면서 그 거동을 살피면 혈류, 혈압, 산소 또는 이산화 농도 등의 데이터를 얻을 수 있을 것으로 기대되었다. 부작용으로 적혈구와 반응으로 해당 동물의 혈류가 비정상 상태가 되는 것 등이 예상되었다. 적혈구는 헤모글로빈이 산소, 이산화탄소, 일산화탄소와 가역 반응을 하므로 철산화물이 존재할 경우 그 영향을 받을 것으로 생각되었다. 또한 백혈구가 철산화물을 이물질로 생각하여 이상 면역 반응도 일으킬 염려도 있었다. 이 연구는 동물의 혈액을 채취한 후 철산화물 나노입자를 분산한 다음 그 동물에 재투입하는 방식으로 진행되었다. 비록 이 연구는 동물을 대상으로만 수행되었지만 상당히 유의미한 결과를 얻었고 함의연에서 좋은 평가를 받았다. 사람을 대상으로 한 실험은 이루어지지 않았다. 다만, 체외에서 사람의 피와 철산화물 나노입자를 혼합하고 혈액형에 따른 변화를 연구하였다. 동물실험 결과를 이용하여 인체에 나노입자가 투입되었을 때의 현상을 전산모사해 보기도 하였다. 이 연구 과제는 일부 재원을 미의연에서 받아 수행되었기에 형식적으로 한국과 독일의 공동 연구인 셈이었다.

　나는 그 동안 몇 차례 한국을 방문하였다. 미의연의 박상동 원장도 만났고 관련 세미나도 하였다. 박 원장도 함의연을 방문하여 양 기관의 협력 방안에 대해 논의하기도 하였다. 상대적으로 신생 기관인 한국의 미의연이 더 많은 도움을 받아야 할 처지였다. 정부에서 충분한 예산을 확보한 것이 도움이 되었다. 박 원장은 내가 한 연구가 함의연에서 매우 중요하게 쓰일 것임을 알고 있었기에 나의 영구 귀국을 위해서는 사전 정지 작업이 필요하다는 것을 느꼈을 것이었다. 박 원장은 그런 의미에서 정치적이었다. 함의연의 원장을 비롯한 중요 인사들을 한국에 초청하여 친분을 쌓았다. 그 때문인지 몰라도 내가 3년간의 연구를 끝내고 귀국한다고 하였을 때 다들 섭섭해 하였지만 별다른 반대는 하지 않았다. 박 원장도 예상되는 반대를 염려해 내가 미의연 소속으로 함의연과의 공동 연구를 계속할 수 있도록 양해 각서를 체결하는 등 세심하게 공을 들였다. 그만큼 박 원장이 나에게 거는 기대는 큰 셈이었다.

독일에서의 연구는 상당한 진척이 있었고 재미도 있었지만 동료 연구원들은 모두 독일인들이었고 간혹 방문 연구원으로 한국에서 사람들이 왔지만 나는 독일 생활이 지겨워지고 외로웠다. 또한 부모님이 연로하고 아이들이 초등학교에 갈 나이가 되어 가니 귀국하고 싶은 욕망도 커졌다. 무엇보다도 한국에서 의사과학자로서 연구를 해 보고 싶었다. '그 연구 주제'를 박 원장에게 간단하게나마 이야기를 한 적이 있었다. 박 원장은 그 주제를 한국에서 연구할 경우 적극 지원해 주기로 약속하였다.

내가 귀국한다고 했을 때 가장 슬퍼했던 친구가 안드레아스였다. 나는 안디라 불렀다. 안디는 나와 같은 대학에서 공부를 하였고 어릴 때부터 동물을 좋아하여 수의학과를 전공하였다. 나와는 다른 연구실에서 연구를 하였고 수의사 자격증과 정형외과 관련 공학박사를 받았다. 안디는 어릴 때부터 태권도를 익혀 유단자가 될 정도로 실력을 갖추었지만 한번은 호되게 골절상을 입어 정형외과 공부도 하게 되었다고 하였다. 안디는 태권도를 하면서 한국에 대해서도 관심을 가졌고 이런 이유로 나와 아주 가깝게 지내게 되었다. 안디는 학회 참석을 위해 매년 한 번

씩 한국을 방문하였다. 첫 번째 방문에는 내가 대동하였고 제주
도를 비롯한 여러 곳을 같이 여행하기도 하였다. 두 번째 방문할
때는 내가 한국에서 결혼해야 했기에 같이 어울리지 못했지만
결혼식에 참석하여 축하해 주기도 하였다. 안디는 수의과 의사
로서 내가 동물을 대상으로 시험을 할 때 많은 도움을 주었다.
주말에는 가족이 어울려 같이 놀러 다니기도 했고 서로 초청하
여 식사도 같이 하였다.

함의연을 사직하고 귀국하는 날, 안디는 부인과 함께 함부르
크 공항에 배웅 나와 우리 가족과의 작별을 매우 아쉬워하였다.

"독일과 한국은 거리상 멀리 떨어져 있지만 서로 자주 연락하
자고."

나는 가족과 함께 프랑크푸르트행 루프탄자에 올랐다. 안디와
그의 부인이 아직 공항에서 우리가 탄 비행기를 보고 손을 흔드
는 것이 멀리서 보였다. 갑자기 10년 이상 독일에서 있었던 일
들이 꿈같이 느껴졌다.

03. 핏길을 만들다

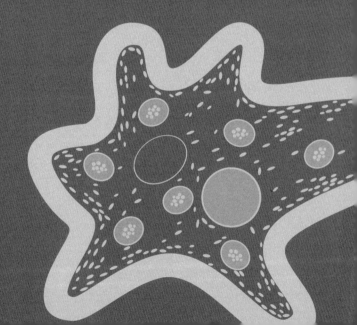

나는 귀국 후 미의연에서 채용 절차를 밟았다. 채용 시 그동안 해 왔던 일에 대한 발표를 하게 되었다. 이미 유사한 내용을 함 의연 소속으로 한국에 와서 발표를 했지만 그동안의 진전 사항 과 인체혈관 모사연구에 대한 생각도 발표 내용에 포함시켰다. 3년 전에 미의연 초대 원장이 된 박 원장은 유임되어 3년을 더 원장직을 수행하고 있었다. 하지만 모를 일이었다. 미의연은 국 가 기관이기에 정치적 입김이 작용하는 것이라 정권이 바뀌면 3 년의 임기를 다 채울지 모르는 상황이었다. 어쨌든 이번 채용 세 미나에서 박 원장, 3명의 연구소장, 그리고 2명의 외부 평가위원 이 참석하였다. 대체로 무난한 질문을 던져 별 탈 없이 채용이 되는가 생각되었다. 결과는 그랬다. 하지만 외부 평가위원 한 사람이 나의 학부 및 석사 재료공학 전공에 대해 시비를 좀 걸었고 박 원장이 나를 지원하여 크게 이슈화되지는 않았다. 그 외부 평가위원은 박 원장의 후임으로 오게 될 권모수 보문대학교 의대 교수였다.

미의연의 조직은 크게 4개의 하부 조직으로 나누어져 있었다. 먼저 내가 소속한 기초의공학연구소가 있었고 수의공학연구소, 의공학실증연구소, 그리고 원장 직속의 미의연의 제반 행정과 경영 그리고 대외업무를 담당하는 연구행정실이 있었다. 연구행정실은 원장 직속으로 삼성과 같은 대기업의 비서실과 유사한 것이라 할 수 있는데 따로 소장이라는 직책은 없었다. 기초의공학연구소는 사람이나 동물을 대상으로 직접 실험하는 것보다는 사람과 동물을 대체하는 시뮬레이터를 이용하여 미래의 의료기기를 개발하는 데 초점이 맞추어져 있었다. 의료연구라기보다는 기초공학적 연구에 가까웠다. 수의공학연구소는 현재 개발되었거나 시제품이 나온 의료기기를 동물을 대상으로 실증 실험 또는 임상시험을 하는 연구소였다. 기초의공학연구소와 밀접한 관계가 있었다. 마지막으로 의공학실증연구소는 수의공학연구소의 동물실험을 통해 안정성을 입증 받은 의료기기에 대하여 경성대 병원과 같은 병원과의 협업이나 자체적으로 임상시험을 하고 때로는 자원하는 사람들을 통해 치료 효과를 검정하는 역할을 수행해 오고 있었다. 이 연구소는 국가에서 허가

증을 받기 위한 의료기기를 검정/인증하는 역할도 하고 있었다. 각 소는 3 내지 4개의 팀으로 구성되었고 소장은 각 팀의 팀장이 돌아가면서 맡았다. 기초의공학연구소는 연구가 주 업무였기에 소장이라는 보직을 맡는 것으로 꺼려했지만 의공학실증연구소는 의료기기 검인증이라는 권한을 쥐고 있어 소장을 선호하는 경향이 있었다. 수의공학연구소는 그 역할이 이 두 연구소의 중간쯤에 있다고 할 수 있었다.

내가 미의연에 합류하면서 순환계공학팀이 만들어졌다. 이 새로운 팀을 위해 두 명의 연구원이 이미 채용되어 있었으며 향후 두세 명 더 채용하기로 하였다. 그리고 그다음 해 의공학실증연구소의 오명준 박사 팀에서 남신배 연구원도 합류하였다. 남 연구원이 소속 부서를 옮기는 것은 쉽지 않았고 오 박사와 남 연구원의 사이도 나쁘지 않았기에 남 연구원이 우리 팀으로 오는 것은 의외였다. 오 박사는 박 원장 후임으로 2대 원장으로 취임한 권모수 원장의 제자로 보문대 부속병원에서 일하고 있었다. 그는 권 원장이 취임하고 얼마 후 미의연을 지원하였다. 채용 면접 겸 세미나에 소장의 부재로 내가 평가위원으로 참석하게 되어 그의 연구 내지는 경력을 세세하게 볼 수 있었다. 연구 경험은 거의 없었고 의료 경험을 미의연에 적용하기는 좀 부족해 보여 몇 가지 날카로운 질문을 하였다. 예상대로 기대치에 부응하는 답변을 듣지 못했지만 평가위원장이었던 권 원장의 보이지 않는 영향력으로 오 박사는 미의연에 들어왔고 나와는 소속이 다른 의공학실증연구소에서 일하게 되었다.

　미의연에서 내가 최초로 주도한 연구 과제는 인체의 혈관을 인조 유기재료로 만들어 혈류를 모사하고 고혈압이나 혈관 막힘 등의 원인을 추적하는 것이었다. 요르크와 그의 친구 피터와 같이 노르웨이 피오르드를 보면서 아이디어를 얻었었다. 이 연구 주제에 대해서는 독일에 있을 때 고민을 많이 했고 관련 자료를 수집한 상태라 연구계획서는 무난하게 작성할 수 있었다. 다만, 국내에서의 연구 비용에 대한 예산 책정이 처음이라 이 부분에 경험이 있었던 남 연구원의 도움을 받았다. 연구 내용 중 가장 어려울 것으로 예상된 부분은 혈관의 특성과 유사한 폴리머 재료를 선정하여 모세혈관을 포함한 인체의 혈관을 구현해 낼 수 있을까 하는 것이었다.

　폴리머 소재에 관해서는 생각나는 인물이 있었다. 독일에서 유학생이던 시절 나와 같은 대학에서 폴리머 특성을 연구했던 이택선 박사였다. 이 박사는 대학 10년 선배로서 박사학위를 마친 후 독일의 듀퐁사에 취직하였고 유학생으로는 드물게 독일 여자와 결혼하여 독일에 정착하였다. 함부르크에서는 2년 정도 자주 어울렸다. 이 박사가 학위를 마치고 뒤셀도르프에 있는 듀퐁사 연구소로 떠나면서 만남이 뜸해졌지만 1년에 두 번 정도는 만날 기회가 있었다. 이 박사라면 폴리머 재료에 대해 많은 조언을 해 줄 것 같았다. 물론 귀국하기 전에 이 박사와 여러 번 통화를 했지만 서로가 바쁜 일로 나의 향후 진로에 대해서 얘기를 나누었을 뿐 새로운 과제에 대해서는 얘기를 나눌 기회가 없었다. 귀국 인사도 할 겸, 이메일을 보냈다.

[이택선 박사님. 그동안 잘 계셨는지요? 제가 귀국하고 경황이 없어 인사가 늦었습니다. 부인과 쌍둥이 아들들은 잘 지내지요?]

그리고 본론에서 과제 개요와 목적 등을 적고 이 과제 목적에 합당한 폴리머를 추천해 줄 수 있는지, 가능하다면 과제에 참여하는 방안을 모색해 보겠다는 취지의 이메일을 보냈다.

이 박사는 바로 답장을 보내왔다. 내가 귀국할 때 만나지 못해 안타깝고 섭섭했다고 하였다.

[김 박사의 과제에 대해 충분히 그리고 기꺼이 도움을 주겠습니다. 단, 현재 회사 연구소 소속으로 연구 과제에 참여하는 것은 절차나 여러 제약이 있어 불가능하고 연구 내용에 가장 적합할 것으로 생각되는 폴리머를 추천하려 합니다.]

이 박사는 자신이 추천한 폴리머를 이용하여 혈류 시뮬레이터를 만들 것을 권유하였다. 나는 이 박사 의견에 충분히 동의하였다. 자료 조사를 통해 다양한 폴리머를 생각해 두고 있었지만 이 방면의 전문가인 이 박사의 도움이 절실하였다. 하지만 생각해 보니 난제가 많았다. 영화 〈1917〉에서 모든 장면들이 끊김이 없이 하나의 장면에 담듯 모든 혈관이 다 연결되어 있어야 하였다. 연결 부위가 없는 튜브형 폴리머를 제작하고 싶지만 그것이 불가능하다면 연결 부위를 두되 가능한 한 매끈하게 처리해야 하였다.

'물론 이것을 단번에 구현할 수는 없을 것이다. 국내 고무줄 제작 업체를 방문하여 상황을 살펴보고 튜브 형태의 고무줄의 내외 지름을 어떻게 조절하는지 알아봐야 할 것이다.'

여러 관련 업체가 물망에 올랐다. 한 군데 의료용 고무줄 생산 업체가 한쪽과 반대쪽의 지름이 다른 다양한 고무튜브도 생산하고 있었다. 특수한 화학실험에 사용하기 위해 제작된다고 하였다. 회사 이름은 (주)선의(仙依)섬유였다. 바느질이 없는 신선/선녀의 옷감을 만든다는 섬유회사였지만 의료용이나 특수 고무 계통의 폴리머도 생산하고 있는 중견기업이었다. 나는 선의섬유를 여러 번 방문하였고 생산 공정을 둘러보았다. 아주 민감한 시설을 제외하고 다 둘러보았고 특수고무튜브를 생산하는 공장에서 좀 더 구체적인 생각을 가지게 되었다. 그리고 선의섬유 연구소를 방문하고 연구소장을 만났다. 연구소장은 선의섬유의 창립자의 차남 우성규로 미국에서 화학공학 박사를 받은 인재였다. 3년 전에 부친의 부름을 받고 미국의 한 연구소에서의 일을 접고 귀국하였다고 하였다. 장남은 연구보다는 경영에 관심을 가지고 회사 경영에만 참여하고 있다고 하였다.

미의연에서 혈관을 모사하는 시뮬레이터용 폴리머 자체를 연구하기에는 연구원의 설립 목적이나 현 상황을 고려해 불가능한 것으로 생각되었다. 이론적인 내용이나 아이디어는 미의연이 제공하기로 하고 선의섬유가 본 연구에 참여하는 것을 제안하였다. 우 소장은 나의 제안을 흔쾌히 수락하였다. 서로에게 나쁘지 않은 구도였다.

이렇게 어느 정도 공식 및 비공식 연구 팀이 갖추어졌다. 이 연구는 대중이 좋아할 비전과 그 비전을 달성하려는 뚜렷한 목표가 있었기에 출발 시 느낌도 나쁘지 않았다. 인체 혈관을 전산 모사하는 분야도 추가하여 실제 모사실험과 비교하면서 혈압, 혈류 및 혈관의 변화의 원인을 찾고자 하였다. 구축된 시뮬레이터로 다양한 조건에서 혈압의 변화를 측정할 수 있었고 동물의 혈액을 이용하여 모세혈관을 포함한 혈관 곳곳에서 혈류와 혈압의 거동을 체크할 수 있었다.

그렇게 3년의 세월이 흘렀다. 막상 연구를 하다 보니 3년의 기간은 매우 짧게 느껴졌다. 추가 보완시험을 위해 연구기간을 2년 더 연장하였다. 2년의 추가 연구기간 동안 함의연에서의 연구 결과와 접목하여 자성을 가지는 나노입자를 시뮬레이터의 혈관 안으로 투입하여 많은 데이터를 얻었다.

　연구 데이터와 장비는 미의연 수의공학연구소의 동물실험에 적용되어 동물의 고혈압에 대한 해석에 활용되었다. 이즈음 반려견이나 반려묘를 기르는 가정이 많아지고 이들 반려동물의 건강에 관심이 높아지면서 동물의 고혈압도 상당한 관심을 받고 있었다. 의공학실증연구소에서는 이러한 연구 결과를 활용하여 우리 팀과 공동으로 인체 혈압을 재는 방법과 위치를 개선한 새로운 혈압/혈류측정기를 개발하였다. 이 기기로 인체 내 위치별 혈압과 혈류에 대한 정보를 얻을 수 있게 되었다. 이 기기의 제작은 (주)종연이라는 한 의료기기 회사가 담당했는데 나중에 들리는 소문에 의하면 의공학실증연구소의 오 박사와 관련이 있다고 하였다. 그렇지만 전혀 허접한 회사가 아니었기에 나는 별다른 관여를 하지는 않았다.

　사실 나는 연구에 관한 한 다른 꿈을 가지고 있었다. 혈관 안에 철산화물과 같은 자성물질을 주입하고 혈관을 모사하는 시험 장비를 만들고 하는 모든 과정은 그 꿈을 지향하고 있었다.

그것은 μ-아바타를 만들어 환자 혈관 속으로 투입하여 실시간으로 혈관을 점검하고 필요 조치를 취하도록 하는 것이었다. 매우 어렵고 요원한 일이라 생각되었지만 생명공학과 로봇공학이 발달하면서 그 가능성이 높아지고 있다고 생각하였다. 몇 년 전에 〈아바타〉라는 영화가 개봉되고 크게 성공한 것도 큰 자극이 되었다. 아바타라는 명칭은 이 영화에서 가져왔는데 내가 개발할 존재에 이 명칭을 사용할 수 있을지는 처음에는 미지수였다. 하지만 나는 애초에 의도한 것을 개발한 후 다른 명칭으로 바꾸지 않고 처음에 붙였던 이름 'μ-아바타'를 고집하기로 하였다. 그만큼 애착이 가는 이름이었고 아바타는 영어로 avatar로 표기되며 '化身'이라는 우리말로 번역되는 명사이기 때문이었다.

'이런 μ-아바타를 구현하기 위해서는 많은 시간과 연구비, 그리고 주제가 주제인 만큼 사회적 합의 같은 것도 필요할 것이다. 보건복지부, 국회 등에서도 동의를 얻어야 해야 할지도 모를 일이다.'

04. 마이크로 아바타를
향하여

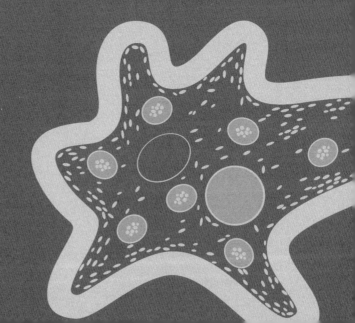

"일반적인 아메바는 그 크기가 0.25 내지 2.5 밀리미터인 단세포생물로 형태가 일정하지 않고 탄력이 있습니다. 살아 있는 작은 생물뿐 아니라 썩어 가는 것도 먹이로 삼는다고 합니다."

이찬구 교수가 그날 미의연에서 세미나를 하고 저녁 식사까지 하면서 나와 아메바에 대해 많은 얘기를 나누었다. μ-아바타를 위한 아메바의 특징을 정리해 보면서 이 교수와 이야기를 나누었고 향후 업무를 위해 도움을 받기로 하였다. 이 중에서도 특히 나의 관심을 끈 아메바는 '뇌를 먹는 아메바'였다.

"파울러자유아메바(Naegleria fowleri)가 정식 명칭인 '뇌를 먹는 아메바'는 순수한 아메바 종류와는 다른 종으로 따뜻한 물에서 독립적으로 생활하며 박테리아를 먹이로 삼는데 드물게 사람 몸에 침투하면 뇌수막염을 유발합니다."

이 교수는 이야기를 이어 나갔다.

"이 아메바는 열악한 환경에서 캡슐 형태의 보호막을 갖춘 낭종으로 스스로를 감싸지요. 낭종은 음식이 부족하거나 노폐물이 축적되거나 외부 온도나 습도, 과밀도가 바뀌는 등 환경이 가혹해지면 형성됩니다. 상태가 호전되면 중앙의 모공을 통해 탈출합니다."

μ-아바타에 대해서는 아직 이 교수에게도 말하지 않았기에 나는 속으로만 생각하였다.

'이런 아메바들의 특징을 μ-아바타에 구현하면 혈관 내 노폐물을 제거하거나 백혈구의 공격을 방어할 수 있을 것이다.'

홍주철 교수의 세미나도 흥미로웠다. 동물복제에 관한 세계적인 과학자인 홍 교수는 인간의 줄기세포를 이용한 연구는 더이상하지 않고 건강한 동물세포에서 세포핵만 추출해서 필요한 동물의 기관을 성장시키는 연구를 하고 있다고 하였다. 홍 교수는 이 연구에서 세포분열을 하는 과정을 현저히 단축하는 기술을 개발하였다. 이와 관련하여 미의연의 수의공학연구소와 긴밀히 협력하고 공동 연구도 수행하고 있었다. 최근에는 동물세포에 식물의 핵을 치환하여 엽록소를 가진 동물 피부를 만드는 연구도 수행 중이라고 하였다. 이 기술이 개발되면 소나 돼지 등을 사육할 때 사료비가 적게 들고 분뇨 생산을 줄일 수 있어 경제적이고 친환경적일 것이 분명하였다. 동물세포를 유전자 조작으로 식물세포와 유사한 것으로 개조하는 것인데 이런 생각은 인류가 오래전부터 해 온 것이었다. 홍 교수는 이 분야에서도 수년간 연구를 해 온 전문가이기도 하였다.

"사람들은 따가운 햇살을 차단하기 위해 차단제를 사용하지요. 이 빛을 전기로 바꾸어 주는 것이 태양전지잖아요. 태양전지 같은 것이 식물의 엽록소인데 광합성으로 이산화탄소를 이용하여 전기 대신 포도당을 만드는 역할을 합니다. 이 엽록소가 아주 옛날 단세포 생물에 들어가 식물세포가 되었는데 동물세포에도 엽록소를 넣을 수 있을 거라고 생각합니다."

"저도 오래전부터 그런 생각을 해 왔어요. 일광욕을 하면 비타민D가 합성되듯이 피부세포에 엽록소가 있다면 광합성으로 이산화탄소를 흡수하여 몸에 필요한 영양분을 만들 수 있겠지요. 이산화탄소도 줄이고 식량 소비도 줄어들 거예요."

"그렇습니다. 피부에 엽록소가 있어 몸에 필요한 포도당을 만들면 얼마나 좋겠습니까? 저는 포도당보다는 포도주가 좋겠네요. 하하. 그런데 실제 광합성 하는 동물이 있다고 합니다. 김 박사님도 아실런지 모르겠지만, 광합성 하는 달팽이인데, 1970년대에 발견되었다고 하지요."

"아주 좋은 정보이네요. 홍 교수님 연구에 많은 도움이 되었겠네요. 그 달팽이가. 하하."

"네. 그렇습니다."

홍 교수는 줄기세포와 관련된 연구를 오랫동안 해 왔지만, 유전자 조작된 콩이나 옥수수 등을 경작하는 과정에서 살포되는 제초제가 인체에 미치는 영향에 대해서도 관심을 많이 가지고 있다고 하였다.

"그래서 저는 동물의 광합성에 흥미를 가지고 사람이 광합성할 수 있는 방법에 대해서도 연구를 해오고 있지요. 그것이 곡물 소비를 줄이고 궁극적으로 환경 오염을 줄일 수 있을 것으로 생각합니다. 최근에 한 화장품 회사에서 미생물을 이용한 태양광 차단제를 출시하였는데 이 차단제는 태양광을 차단할 뿐만 아니라 미생물이 광합성을 하여 포도당을 형성하고 그것이 사람 피부에 스며들게 하여 영양분도 공급할 수 있다고 합니다."

아직 미생물이 생산하는 포도당의 양은 미미하지만 야외에서 운동 중에 바나나나 에너지 음료를 먹지 않아도 될 날이 머지않았다고 이야기하였다. 홍 교수에게 난자에서 핵을 제거하고 다른 세포핵을 넣는 것에 대해 발표해 달라고 부탁한 것이지만 미생물의 유전자 조작으로 광합성이 가능한 태양광 차단제를 만들 수 있다는 것이 내게는 훨씬 흥미로웠다.

나는 개인적으로 유전자가 조작된 곡물이나 그 곡물을 가공한 식품은 많이 접해 보았다고 생각하였다. 유전자 조작으로 만든 유기물이라는 뜻으로 쓰이는 영문자 GMO는 부정적인 느낌이 강했다.

> [GMO는 영어 Genetically Modified Organism의 줄임말로 생물체 유전자 중에 유용한 것을 취하여 그 유전자가 없는 다른 생물체에게 삽입하고 유용하게 변형시킨 농산물 등을 원료로 제조·가공한 식품을 뜻한다. - 식품의약품안전처]

오랫동안 GMO는 사회적인 이슈가 되어 왔었다. GMO 식품은 마트에 진열된 식품을 자세히 보면 쉽게 확인할 수 있었다. 대표적인 것이 옥수수와 카놀라유였다. 나도 가능한 한 GMO 식품을 섭취하지 않도록 주의하고 있었다. 환경론자들을 중심으로 GMO의 부정적인 이미지가 많이 퍼져 있는 것은 사실이지만 아직 인체에 부정적인 영향에 대해서는 의문표가 붙어 다녔다. 한국에서는 실험용을 제외하고는 GMO 재배는 허용되지 않고 있었다. 나는 언뜻 GMO 자체의 안전성보다는 GMO 재배로 살충제 사용은 줄었지만 제초제 사용을 늘었다는 기사를 떠올렸다. 제초제의 내성이 강해졌기 때문이라고 그 기사는 말하고 있었다.

'인간이 유전자 조작을 하면 할수록 자연도 그에 대응하여 유전자를 변형한다.'

  이런 생각을 하면서 원두를 갈아 커피를 천천히 내렸다. 커피 향은 3층에 있는 연구실을 가득 채우고 창밖의 눈 내린 정원의 풍광과 잘 어울리고 있었다. 정원 한쪽 구석에 있는 산수유나무에 매달려 있는 빨간 열매는 쌓인 눈으로 더욱 붉게 보였다.
  다시 홍 교수의 세미나 그리고 그 이후의 토론에 대한 내용을 떠올리면서 생각하였다.

'광합성이 가능한 태양광 차단제를 사용하여 몸에 필요한 포도당을 인체에 공급한다면 당뇨병 등 대사와 관련한 질병을 억제할 수도 있지 않을까? 홍 교수의 연구는 앞으로 우리 μ-아바타 연구에 상당한 도움이 될 것 같은데….'

  DNA 전문가 안동낙 박사와는 이메일로 아메바에 사람 DNA 를 심어 μ-아바타를 만드는 것에 대해 농담처럼 문의해 본 적이 있었다.
  "김 박사가 생각하는 유전자 조작 기술은 어렵지 않겠지만 그것이 아바타가 되어 사람의 생각대로 움직이는 것은 아직 미지의 세계일 겁니다. 일반에게는 잘 알려지지 않았지만 세계 유명한 제약회사들은 이런 종류의 실험을 은밀히 해 오고 있을지도 모를 일이죠."

안 박사는 아메바로부터 아바타를 만드는 것은 전혀 알려진 바가 없다고 하였다. 안 박사에게 사전에 받아 볼 수 있는 정보는 매우 제한적이었다. DNA 유전자 지도를 비롯한 관련 연구들이 많이 발전했고 또한 잘 알려져 있기에 안 박사와의 이메일 교환은 두세 차례로 마감되었다.

*

나는 독일 함의연에서의 연구로 혈관에 철산화물 나노입자를 넣어 혈관에 대한 상세한 정보를 얻었고 미의연에서 혈관을 모사하는 시뮬레이터를 성공적으로 개발하여 고혈압의 원인을 깊이 이해할 수 있게 되었다. 하지만 이러한 이해는 모두 간접적인 것이었다. 그 혈관 내부를 직접 관찰하고 싶었다. 대장이나 위는 내시경을 통해 잘 볼 수 있지만 혈관은 그렇지 않았다. 특히 모세혈관은 지름이 200 마이크로미터 이하이니 내시경은 꿈도 꿀 일이 아니었다. 내가 생각하는 μ-아바타는 영화에서 나오는 아바타와는 개념이 완전히 달랐다. μ-아바타는 영화에서 나오는 아바타와는 그 크기부터 엄청난 차이가 있었다. μ-아바타의 경우 사람의 생각이나 의지가 뇌파를 통해 μ-아바타에 실시간으로 전달되어 사람이 실제로 혈관 내부에서 일하는 것과 같은 개념이었다. 그런 μ-아바타를 개발하는 것이 나의 꿈이었다.

현실적으로 아바타가 영화에서만 존재하는 것일지라도 사람들에게 그 이미지가 뿌리깊이 각인이 되어 있어 μ-아바타가 과연 실현 가능한 존재일까? 하는 의문이 들 가능성이 높았다. 영화, 특히 공상과학영화는 비현실적인 것이 많아 재미로만 치부하는 분야이기도 하였다. 하지만 '꿈은 이루어진다.'라는 말을 되새기며 나는 기본적인 개념 설계에 착수하였다. 우선 두 가지 방향을 생각해 보았다. 유기물에 무기물 부품이 탑재되는 사이보그 형식으로 하는 방향, 또는 완전한 유기물로 하는 방향이었다. 사실 의학계에서는 오래전부터 심장판막, 인조 뼈 등 살아 있는 인체의 장기를 전부 또는 일부를 무기물 부품으로 대체해 왔다. 아메바를 이용하여 μ-아바타를 만들 경우 기계 부품이 없는 것이 이상적이지만 그것을 실현하기 쉽지 않을 것이었다. 하지만 μ-아바타가 매우 작은 존재이기 때문에 인조 부품을 제작하기도 어렵고 그것을 아메바에 탑재하는 것은 더더욱 어려울 것으로 예상되었다. 그래서 나는 아직 개발되지 않는 초미세 부품을 기다리기보다는 일단 기존의 생명공학을 바탕으로 유전자 변형 내지는 유전자 치환 등의 방법으로 μ-아바타를 만들기로 하였다. 한 번의 유전자 조작이나 치환이 아닌 다단계 과정을 거쳐야 목적을 달성할 수 있을 것으로 생각되었다.

이 연구는 아주 조심스럽게 추진해야 했기에 어떻게 시작하느냐가 매우 중요하였다. 표면적으로 μ-아바타를 개발한다고 할 수는 없었다. μ-아바타를 개발한다고 하면 너무 엉뚱한 발상이라고, 실현 가능성이 없는 공상과학 같은 이야기라고 할 것이 뻔하였다. 그래서 먼저 전체적인 연구 내용을 단계별 분야별로 세세히 기획하였다. 그 기획서 자체도 일과 후 집에서 비밀스럽게 만들어 나갔다. 문제는 연구 내용보다는 누구를 연구에 참여시키느냐 하는 것이었다. 모든 연구를 우리 연구 팀에서만 수행할 수 없었다. 연구가 시작되면 우리 팀원들을 잘 단속할 수 있을 것이라 생각되었다. 하지만 외부 연구자들에게는 그것을 장담할 수 없었기에 고민에 고민을 거듭하였다. 그래서 μ-아바타와 직접 관련이 없는 연구는 가능한 한 외부에 맡기고 μ-아바타와 직접 관련된 것은 자체 수행하기로 하였다. μ-아바타라는 목표가 드러나지 않도록 과제 내용과 제목을 잘 포장해야만 하였다. 나는 [인체에 존재하는 아메바를 이용한 면역 활성화]라는 임시 제목을 생각해 보았다.

'[인체에 존재하는 아메바를 이용한 면역 활성화]라. 일단 이 제목이면 아메바가 유전자 조작의 대상이고 면역이라는 말에 백혈구를 제어하는 개념이 포함될 수 있을 것이다.'

그렇지만 아메바를 가지고 맨 먼저 무엇을 어떻게 해야 할지 고민이 되었다. 일단 철산화물 나노입자를 아메바에 적용하는 것에 대해 생각해 보았다. 철산화물 나노입자는 함의연에서의 연구에서 많이 다루어 보았기에 나로서는 자신 있는 분야였다.

'헤모글로빈은 적혈구에 있는 혈색소로 복잡한 분자식에 철 원소가 결합되어 있다. 철 원소는 전기화학적으로 가변적이다. 2가 또는 3가의 전기화학적 상태가 존재한다. 이 상태에 따라 생화학적 반응도 달라진다. 나노입자에 포함된 철 원소도 이런 성질을 가진다. 아메바에 철산화물 나노입자를 심으며 적혈구와 유사한 [철들은] 아메바가 될까? 하지만 아메바 세포에 나노입자를 어떻게 넣을까? 고민해야 할 문제이다.'

이와 관련하여 홍 교수가 오랫동안 연구해 왔던 동물세포에 엽록소를 넣어 광합성 기능을 부여하는 기술이 생각이 났다. 내가 상상했던 µ-아바타는 사람이나 동물의 표피에서 햇빛에 노출되면 광합성 하여 포도당을 얻은 후 진피를 통해 혈관 속으로 들어가 그 포도당을 혈액에 공급하거나 자체적으로 이용하여 활동하는 것이었다. 일광욕을 한 µ-아바타는 산소와 결합하지 않는 헤모글로빈을 재생하거나 일산화탄소를 산화시켜 이산화탄소로 만드는 기능을 부여할 수 있겠다는 생각도 해 보았다. 이 부분은 표면적으로 미생물을 이용한 태양광 차단 및 기미제거용 화장품 개발이라는 연구로 포장하는 것이 좋을 듯하였다. 이 결과물 자체도 시장에서 큰 반향을 일으킬 것으로 생각되었다. 이 분야에서 홍 박사와 같이 연구를 하고 싶었다. 미생물과는 좀 거리가 먼 홍 교수가 이 계획에 어떤 반응을 보일지 궁금하였다. 하지만 가만히 생각해 보니 이것은 부차적인 문제였다.

'아메바에 엽록소와 같은 광합성 기능을 부여하고 필요한 에너지나 포도당과 같은 필요 성분을 만드는 것 자체도 매력적이다. 하지만 μ-아바타가 되기 위해서는 혈관 안에서의 상황을 정확하고 빠르게 감지하여 μ-아바타 주인에게 전달하고 필요한 조치를 취하도록 하는 기능을 부여해야 할 것이다.'

먼저 생각했던 것이 곤충의 눈과 같이 아메바에 눈의 기능을 부가하는 것이었다. 하지만 혈관 안에는 빛이 없으므로 이 기능은 필요 없을 것으로 생각되었다. 그 대안으로 밤에 활동하는 박쥐나 곤충 등에서 보이는 초음파 발생 기관을 떠올렸다. 하지만 영화 〈트랜스포머〉처럼 형상이 자유자재로 변하고 초음파를 발생하는 아메바가 만들어지더라도 이 아메바는 아직 μ-아바타와는 거리가 멀었다. 진정한 μ-아바타가 되려면 이 아메바에게 명령을 내릴 수 있고 이 명령에 따라 이 아메바가 사람의 수족처럼 움직여만 하였다. μ-아바타가 된 아메바는 μ-아바타 주인과의 교신 또는 교감을 통하여 제어할 수 있어야 하였다. 가장 핵심적인 것이면서 동시에 가장 어려울 것으로 생각되었다. 그때 떠올린 생각이 정자를 이용하면 어떨까 하는 것이었다.

'정자는 꼬리를 가지고 있고 이 꼬리의 움직임을 신호로 삼아 아메바가 움직이고 몸을 변형한다. 유전자 조작으로 아메바에 필요 기능을 부여하고 정자를 아메바에 심는다. 이 정자가 아메바를 움직이는 헤드쿼터 역할을 하게 한다. 이 정자와 교신한다면 μ-아바타가 탄생할 것이다.'

그 가능성 여부를 떠나 이런 상상을 하니 기분이 좋아졌다. 다음의 고민이 μ-아바타와 백혈구와의 관계였다.

'백혈구는 크게 골수성 백혈구와 림프성 백혈구로 나누지만 세부적으로 10종류가 넘는 세포이다. 이 중에 호중구나 대식세포는 외부에서 침입한 세균을 잡아먹거나 이물질을 먹어 치우는 역할을 한다. μ-아바타가 이물질 또는 세균으로 인식되어 백혈구에 공격당하는 일이 생길 수 있을 것이다.'

자가면역질환에서처럼 우군이 공격당하지 않으려면 이 부분도 해결되어야 할 숙제였다. 나는 이 모든 것을 정리해 보았다. μ-아바타를 구현하기 위해서는 다음과 같은 다섯 단계 또는 다섯 분야의 연구가 필요하다고 생각하였다.

가. 대상 아메바의 선정

아메바는 백혈구와의 친화성을 고려해 우리 몸에 존재하는 아메바를 1차 대상으로 삼는다. 단, 이 아메바가 가진 기능이나 μ-아바타로의 발전 가능성이 어렵다고 판단되면 외부에 존재하는 아메바를 찾아본다. 예로, 뇌를 먹는 아메바는 다루기가 위험하지만 μ-아바타로의 가능성은 높아 보인다.

나. 정자 탑재를 통한 아메바의 μ-아바타로 만들기

대상 아메바에 어떻게 정자를 넣고 그 정자가 수 시간 이상 활동할 수 있을까? 미지의 세계이다. 정자는 난자를 향해 가는 특성이 있다. 이러한 성질을 이용하여 아메바를 난자로 인식하도록 유도하고 아메바의 제어 기능을 접수하여 아메바를 움직인다. 이 분야는 아메바가 μ-아바타로 되기 위한 핵심 분야이다. 이를 누가 담당할 것인가? 잘 알지 못하는 분야이지만, 다른 팀이나 기관에 맡길 수는 없다.

다. μ-아바타와 주인과의 교신

μ-아바타의 주인은 뇌파를 발신하고 μ-아바타는 초음파를 발생하여 서로 교신한다. 이런 개념이다. 아메바에 장착할 수 있는 극초소형 초음파 발생 장치는 아직 개발되지 않았고 앞으로도 개발될 기미가 보이지 않는다. 대안으로 초음파를 생성하는 박쥐나 나방과 같은 동물의 초음파 발생 유전자를 이용한다. 이 기능이 구현되면 아메바에 초음파 발생기를 전후 두 곳에 두고 그 신호를 조합하고 3차원 영상으로 재구성하여 실시간으로 볼 수 있을 것이다.

라. 아메바의 유전자 조작을 통한 새로운 기능의 구현

μ-아바타가 혈관 안에서 다양한 임무를 수행할 수 있도록 추가적인 기능을 부여한다. 아직 그 기능들이 무엇이고 그 기능의 구현이 가능한지 미지수이다. 많이 생각해 왔던 것이 광합성 기능이다. μ-아바타가 표피에서 광합성으로 얻은 포도당이나 산소를 혈관 속으로 가져간다. 이 산소는 일산화탄소에 중독된 적혈구를 치유하고 일산화탄소를 산화할 수 있도록 한다.

그리고 μ-아바타가 아닌 단순한 기능만 부여된 아메바를 지휘하는 것도 생각해 볼 만하다. μ-아바타가 혈관 안에서 모든 일을 직접 담당할 필요가 없다. μ-아바타가 이들 아메바의 활동을 지휘 감독함으로써 μ-아바타를 효율적으로 관리할 수 있을 것이다.

마. μ-아바타의 백혈구에 대한 친화성
이 부분은 면역학에 속한다. 특히 자가면역질환에 대해 조예가 깊은 전문가가 필요하다. 자가면역질환을 일으키는 원인이 무엇이든 그 치료 방법을 알면 μ-아바타의 백혈구에 대한 친화성 문제도 해결할 수 있을 것이다.

몇 년 전에 한 학교 선배로부터 독일에 자가면역질환에 대한 연구가 발달되어 있어 전문가를 한번 물색해 봐 달라는 연락을 받은 적이 있었다. 지인의 아들이 그 병을 앓고 있다고 하였다. 그때 독일의 이택선 박사에게 연락을 해 본 기억은 있는데 그 후로 어떻게 진행되었는지 기억이 나지 않았다. 그래서 나는 함의연의 안디와 이 박사에게 자가면역질환 전문가를 한번 찾아봐 달라고 연락해 보기로 하였다.

05.

천군과 만마

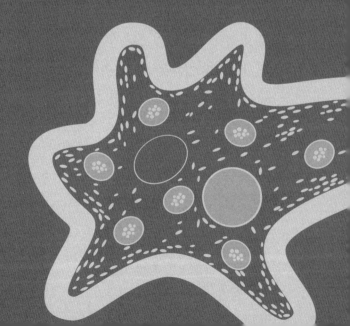

자가면역질환 전문가를 찾았다고 안디에게서 연락이 왔다. 베를린 훔볼트 대학이 운영하는 병원에 전문가가 있다고 하였다. 안디의 친구가 그 병원에 근무하고 있었다. 곧이어 이택선 박사에게도 연락이 왔다. 이 박사의 쌍둥이 아들들이 스위스 취리히의 한 병원에 인턴으로 근무하고 있는데 그곳에도 자가면역질환 전문가가 있다고 하였다. 나는 곧바로 답신을 하면서 만나 보겠다고 하였다. 마침 네덜란드에서 학회가 열릴 것이고 학회가 끝나는 대로 베를린과 취리히를 방문하는 계획을 세웠다.

네덜란드에서 매년 열리는 의공학학회의 혈관질환 분과 학술대회는 암스테르담에서 기차를 타고 갈 수 있는 곳 노르트윅(Noordwijk)의 바닷가에 있는 알렉산더 호텔(Alexander Hotel)

에서 개최되었다. 몇 년 전 독일에 있을 때 한번 가 보았고 귀국한 후 한 차례 더 가 본 적이 있었다. 2년 전이었다. 매년 6월 말에 열리는 이 학회는 대서양과 이어지는 북해를 바라보는 바닷가에서 마치 휴양을 즐기듯 많은 사람들이 참석하였다. 나는 관광객으로 참석하지 않았기에 초여름의 햇살을 여유롭게 즐기지는 못했지만 점심시간에 해변을 산책하면서 가졌던 그 맑고 밝은 느낌은 좋은 추억으로 남아 있었다. 지난번 학회는 나를 포함하여 3명의 연구원이 발표를 하고 같이 귀국을 하였다. 이번에는 학회 마지막 날에 베를린과 취리히를 방문하여 자가면역질환 전문가들을 만나는 약속을 잡아 혼자 귀국하기로 하였다.

　대서양을 연한 바닷가에 있는 소박한 알렉산더 호텔은 예전과 다름이 없었고 날씨 또한 2년 전과 판박이였다. 나는 일행과 함께 학회가 시작하는 월요일 환영 연회에 참석하여 포도주 몇 잔을 마시고 알딸딸한 기분으로 해변을 거닐었다. 늦은 저녁이었지만 해가 긴 6월 하순과 서머타임으로 수평선 너머 지는 해를 볼 수 있었다. 이날의 해는 독일에서 유학하던 시절에 가 보았던 북부 독일의 한 해변을 파노라마처럼 눈앞에 불러내고 있었다. 독일 날씨는 맑은 날이 별로 없는데, 그때는 맑은 날이 많았었다. 여름의 그 해변. 주말에 수많은 사람들이 해수욕을 즐기거나 일광욕을 하면서 놀고 있었다. 나와 이 박사와 그리고 지금은 귀국 후 만나 본 적이 없는 이대현 박사(그때는 이 박사 외에는 박사가 아니었다) 세 명의 남자가 같이 갔었다. 그곳은 유명한 누드 해변으로 세 명의 한국 남자들은 차마 다 벗지 못하고 반바지를 입은 채 먼발치에서 사람들을 훔쳐보곤 했었다. 우리들은 그곳에서 어울리지 못하는 완전한 타인들이었다. '그때 우리의 피부가 광합성을 할 수 있었다면 거리낌 없이 홀러덩 다 벗어던질 수 있었을 텐데'라고 생각하니 내 입가에 저절로 미소가 지어졌다.

이날 알렉산더 호텔 앞 바닷가에서 마주한 햇살은 그 여름날의 것은 아니었기에 까뮈의 소설 〈이방인〉의 주인공이 마주했던 햇살처럼 익숙하기도 하고 낯설기도 하였다. 왠지 모를 미묘한 감정이 느껴졌다. 포도주 때문일 거라 생각하였다. 오랜만에 평소보다 더 마셔 버려 술기운이 모세혈관까지 깊숙이 퍼져 있는 것 같았다. 그 모세혈관 속에는 이미 누군가의 μ-아바타가 다니고 있고 적혈구와 백혈구를 조정하고 있지 않을까 하는 생각을 해 보았다.

'그 μ-아바타도 술에 취했을까?'

나의 강연 주제는 인체 혈관을 모사한 시뮬레이터의 시험 결과와 실제 고혈압 환자의 혈압 데이터와 비교 분석한 것이었다. 미의연에서의 연구 결과는 오래전에 정리하였지만 그동안 데이터를 분석하여 인체의 혈압 변화와의 연관성에 대하여 수식으로 만들어 발표하였다. 어려운 수식은 아니었지만 의학계에서는 좀 드문 경우라 청중들에게 어렵게 느껴질 수 있을 것으로 생각되었다. 발표는 예상외로 반응이 뜨거웠다. 돌이켜 보니 청중들 중에 공학을 의학에 적용하려는 분야에 종사하는 사람들이 꽤 있었다. 최근 인조혈관이 개발되고 있는 상황에서 미의연의 연구 결과는 매우 유용하게 보였을 것이었다. 미의연의 연구는 새롭고 독창적인 내용이 많았기에 꽤 많은 질문들이 있었다.

수요일 있었던 발표를 마치고 나는 팀원들과 헤어져 암스테르담으로 향하였다. 그곳에서 비행기로 베를린으로 갈 작정이었다. 물론 기차를 타고 여름을 맞이하는 유럽의 풍경을 천천히 음미해 보고도 싶었지만 μ-아바타 생각에 그럴 마음의 여유가 없었다. 베를린에 도착하는 날 안디와 저녁 약속을 잡았었다. 안디는 함부르크에 살고 있지만 베를린에서 자가면역질환 전문가를 직접 소개해 주기 위해 베를린으로 온다고 하였다. 그다음 날인 목요일 오전에 훔볼트 대학병원을 방문하고 점심 식사 후 안디 부부와 베를린을 같이 돌아다니기로 하였다. 그리고 금요일 오전에 비행기로 취리히로 가서 이택선 박사의 쌍둥이 아들들이 근무하는 병원에서 자가면역질환 전문가를 소개받고 곧바로 취리히 공항을 통해 귀국하는 좀 빠듯한 일정을 잡았었다.

안디가 베를린의 브란덴부르크 공항으로 마중을 나왔다. 오랜만에 만나니 매우 반가웠다. 안디는 부인 스텔라와 함께 있었다.

"정말 반가워요. 스텔라."

"저도 반가워요. 킴."

행헌이라는 내 이름이 있었지만 안디나 스텔라에게는 그 발음이 어려워 나를 항상 킴이라 불러왔다. 내가 아는 거의 유일한 외국인 친구 안디를 만나니 독일에서의 생활이 주마등처럼 떠오르는 듯하였다. 우리는 호텔에서 짐을 풀고 호텔 로비에서 만났다. 안디는 오랜만에 한국 음식을 먹는 게 어떠냐고 제안해 왔다. 독일에 와서까지 한국 음식을 먹는 것이 썩 내키지는 않았지만 안디와 스텔라가 한국 음식을 좋아했다는 기억을 떠올리며 흔쾌히 수락하였다. 안디는 이미 베를린의 한 한인 식당을 예약을 한 상태였다. 물론 내가 반대하면 다른 식당을 물색할 것이라 하였다. 우리는 한인 식당에서 간단히 저녁을 하고 근처 펍으로 이동하여 오랜만에 많은 이야기를 나누었다. 안디는 몇 년 전에 내가 안디 부부를 집으로 초대하여 한국 음식을 대접한 것을 상기시켜 주었다.

"우리는 처음으로 한국 음식을 먹어 봤는데 아주 마음에 들었어. 특히 김밥은 아주 신기했으며 보기보다는 맛있어서 기억에 남았지. 좀 전에 갔던 한국 음식점에 김밥이 없어 좀 아쉬웠어."

스텔라도 맞장구를 쳤다. 안디에게 나는 아직 정확한 방문 목적을 말할 수 없었다. 단지 훔볼트 대학병원에서는 국내 자가면역질환을 앓고 있는 환자들의 치료를 목적으로 자문을 구할 것이라고 이야기하였다. 필요하면 병원의 전문가를 한국에도 초청하고 싶다고도 하였다. 이날 안디에게는 지나가는 말로 뇌 먹는 아메바에 대해 이야기 하면서 이 아메바를 이용해 혈관 질환을 치유할 수 있는 연구를 기획하고 있다고 하였다. 안디는 신기한 표정으로 말하였다.

"그게 가능한 일일까? 하기야 김 박사가 엉뚱하지만 신기한 생각을 많이 하니 전혀 불가능한 일도 아닐 거야. 하하하."

그다음 날 오전 10시에 안디와 나는 훔볼트 대학병원을 방문하였다. 접객실에서 얼마간 대기한 후 머리카락이 덤성덤성하고 덥수룩한 수염을 가진 의사 가운을 입은 사람이 나타났다. 토마스 스테판이라 불리는 이 의사는 함부르크 출신이라 하였다. 그래서 안디와도 좀 교류가 있는 듯 보였다. 두 사람은 아주 친하게 인사를 나누었고 안디와 나는 스테판 박사가 안내하는 곳으로 갔다. 그리 크지 않은 회의실에 10여 명의 사람들이 앉아 있었다. 나는 먼저 네덜란드 학회에서 발표한 것을 중심으로 미의연에서 하고 있는 일에 대해 소개하였다. 그들은 우리가 하는 연구에 대해 관심을 많이 보였다. 나는 함의연에서의 연구 경험도 소개하였다. 함의연에서 철산화물 나노입자를 가지고 동물 실험했을 때의 특이한 경험도 소개하였다. 한 젊은 친구가 나에

마이크로 아바타

게 질문을 하였다.

"동물실험에서 나노자성체의 농도는 어느 정도였나요? 그리고 부작용은 없었나요?"

"부작용은 이물질의 농도와 종류 등에 영향을 받기 때문에 나노자성체의 농도를 확정 지어 말할 수는 없습니다. 다만, 그 농도를 0.01 퍼센트 이하로 관리하였기에 그 당시 실험에서 부작용이 없었던 것 같습니다."

이어서 나는 훔볼트 대학병원을 방문한 목적을 이야기하면서 발표를 마쳤다.

"우리 미의연은 백혈구가 아메바와 같은 미생물에 대해 어떤 반응을 할지 연구를 할 계획이고 이 아메바가 자가면역질환에 도움을 줄 것으로 기대하고 있습니다. 기회가 되면 훔볼트 대학병원과 이 분야에 대해 공동 연구를 하고 싶습니다."

나는 스테판 박사에게 한국을 방문하여 협업을 비롯한 보다 심도 있는 논의를 해 보자고 제안하였다.

"원칙적으로 김 박사님의 제안에 동의하며 한국을 방문할 기회를 만들어 보겠습니다."

이어 스테판 박사가 훔볼트 대학병원에서의 연구 내용을 간단히 소개하고 관련 연구 내용에 대해 의견을 교환한 후 회의를 마쳤다. 스테판 박사의 안내로 병원 내 식당 중 VIP용 식당으로 안내받아 함께 점심 식사를 하였다. 병원 건물과 다른 건물에 있었고 병원 손님이 아니더라도 방문할 수 있는 고급 식당처럼 보였다.

그렇게 훔볼트 대학병원의 방문을 마쳤다. 안디는 베를린 근교의 반제(Wannsee)에서 유람선을 탄 후 그 근처에서 저녁을 하자고 하였다. 반제는 몇 년 전 해가 짧은 10월 말에 방문하여 독일 가을의 쓸쓸한 정취를 질리도록 느낀 곳이었다. 해가 긴 하지에 반제는 어떨까 하는 생각으로 안디의 제안을 수락하고 나와 안디는 스텔라를 픽업하기 위해 호텔로 차를 몰았다.

반제에는 초여름의 일광욕과 수영을 즐기는 사람들로 붐비고 있었고 반나체의 수영 객은 있었지만 그 옛날 북해 해변처럼 나체족들은 전혀 없었다. 안디에게 그때의 기억을 이야기하고 농담 삼아 같이 해 보자고 하였다. 우리는 하지의 긴 해를 즐기고 근처에서 함께 식사를 한 후 호텔로 돌아왔다. 그다음 날 아침에 브란덴부르크 공항에서 취리히행 비행기를 타기 위해 안디 부부와 함께 공항으로 향하였다. 그들과 공항에서 작별 인사를 하고 나는 루프트한자 비행기에 올랐다. 안디 부부는 차로 함부르크로 귀가할 것이라 하였다.

"언제 한번 조만간 김 박사의 고향과 같은 함부르크를 한번 방문하지 않을 거야?"

안디가 김 박사에게 물었다. 스텔라도 부추겼다.

"킴. 부인도 같이 오세요. 안디가 아주 좋아할 거예요."

마이크로 아바타

나는 대답 대신 밝은 미소를 건넸다. 왠지 μ-아바타를 개발하게 되면 독일로 자주 올 것 같은 예감이 들었다.

취리히 공항에는 이택선 박사의 쌍둥이 아들 중에 미하엘이 나와 있었다. 미하엘은 영어로 하면 마이클이다. 나는 저녁에 한국항공을 타고 귀국할 예정이라 짐은 공항에 두고 간편하게 미하엘이 모는 차를 타고 취리히의 한 병원으로 향하였다. 시 외곽에 있는 이 병원은 요양원과 겸하고 있었다. 가는 길에 초여름의 신록이 시원한 바람과 범벅이 되어 열린 창문 안으로 들어왔다. 이택선 박사의 쌍둥이 아들들은 어릴 때 자주 보았지만 성인이 된 미하엘을 보니 좀 어색하였다. 하지만 쌍둥이들이 어릴 때의 기억을 떠올리며 얘기를 나누다 보니 미하엘이 그때의 아이처럼 보였고 이내 마음이 편해졌다. 미하엘은 쌍둥이 형인 앙리는 이 병원의 다른 부서에서 일하고 있다고 했고 이 박사는 자주 보지는 못한다고 하였다. 병원에 도착해 미하엘의 안내로 병원을 둘러보고 점심 식사 후 자가면역질환을 오랫동안 연구해 왔던 원로 의사를 만나기로 하였다.

"헬무트 박사님은 금요일 오후에 일정이 없지만 김 박사님 스케줄에 맞추어 퇴근을 좀 늦추기로 하였습니다."

병원은 요양원을 같이 운영해서 그런지 규모가 상당하였다. 병원 앞 잔디 광장에는 요양하는 환자들이 많이 눈에 띄었다. 여름의 햇살이 아니더라도 병원은 곳곳이 밝고 깨끗하였다. 점심 식사는 미하엘의 쌍둥이 형인 앙리도 함께 했고 그 후 미하엘 방에서 가볍게 차를 한잔하고 있으니 나이가 지긋해 보이는 의사 하나가 그 방으로 찾아왔다.

"좀 있다가 박사님 방으로 찾아가려 했는데 먼저 오셨네요."

미하엘은 이 노 의사를 반갑게 맞아 주었다. 소개받을 예정이었던 헬무트 박사임에 틀림이 없었다.

"안용하세요. 반갑스무니다. 유르겐 헬무트입니다."

내가 독일 말로 인사를 건네니 노 의사는 비교적 정확한 발음으로 우리말로 인사를 하였다. 잠시 웃음이 오갔다. 그는 미하엘로부터 가끔씩 한국어를 배우고 넷플렉스에서 한국 드라마도 본다고 하였다. 자연스럽게 한국에 관심이 많아졌고 최근에 최초의 금속활자가 독일이 아니고 한국에서 만들어졌다는 사실을 알고 상당히 놀랐다고 하였다. 그 때문인지 몰라도 나는 헬무트 박사가 상당히 친근하게 느껴졌다. 나는 생각하는 바를 단도직입적으로 이야기하였다.

"저는 자가면역질환에서 백혈구의 공격 대상을 환자 세포가 아닌 다른 곳으로 유도하는 방법을 생각하고 있습니다."

"저도 그런 생각을 해 오고 있었고 그 방법에 대해 많이 고민하고 있습니다. 제 전공이니까요. 하하."

헬무트 박사는 자가면역질환에 꽤 조예가 깊었고 한국에 대한

74

관심이 많았다. 나는 헬무트 박사와 같이 일하면 좋겠다는 생각으로 그에게 물어보았다.

"혹시 은퇴하시면 미의연에서 저와 같이 일할 생각이 없는지요?"

"제가 할 말을 김 박사님이 먼저 해 주시네요. 하하하. 저도 한국에서 한번 살고 싶습니다."

헬무트 박사는 그 말을 기다렸다는 듯 나의 요청을 아주 흔쾌히 수락하였다. 나는 헬무트 박사에 대해 좀 더 알아본 후 미의연에 연구원으로 초빙하리라는 마음을 먹었다. 헬무트 박사와의 만남은 길지 않았다. 그렇게 헬무트 박사와 헤어지고 미하엘의 배려로 취리히 공항으로 돌아와 짐을 찾고 인천행 비행기에 올랐다. 비행기가 이륙하여 취리히 시내를 내려다보면서 한국의 가족을 떠올리고 다음번에는 가족이 같이 왔으면 좋겠다는 생각을 하였다.

*

며칠 해외 출장에서 집에 돌아오니 아직 초중학생들인 애들이 나를 반겨 주었다. 나는 안도감과 피곤함이 밀려와 저녁을 먹고 일찍 잠자리에 들었다. 하지만 세상에 없는 μ-아바타를 개발하려는 생각에 마음이 설레었지만 막상 연구 개발을 하려 하니 해결해야 할 수많은 일들이 떠올라 답답한 기분이 들어 거의 잠을 이루지 못했다. 일요일에는 오랜만에 요양원에 계시는 어머니를 집사람과 함께 찾았다. 차로 40분 걸리는 곳으로 그리 멀지는 않았지만 자주 찾아보지는 못하였다. 아들만 겨우 알아보는 어머니를 보니 내가 생각하는 μ-아바타가 지금 나와 있다면 그 아바타로 어머니 뇌혈관 속으로 들어가 뇌출혈로 손상된 조직을 복구하여 어머니를 정상으로 돌리고 싶다는 생각이 간절해졌다. 어머니를 보고 올 때면 항상 우울해졌지만 가로수가 우거진 교외의 도로를 드라이브하니 한결 상쾌해졌다. 6월의 막바지. 바깥 온도는 이제는 한여름이라고 말하고 있었다.

월요일 며칠 부재중에 올라왔던 간단한 결재들을 처리하였다. 나는 얼마 전부터 의공학기초연구소 소장 역할을 하고 있었기에 사소한 것도 결재할 일이 많아졌다. 같이 출장을 떠났던 두 연구원과 만나 출장 중의 일들을 정리하고 간단히 보고해 달라고 하였다. 공식적으로 전자문서를 통해 보고를 올리겠지만 이 출장 목적을 개략적으로 알고 있는 천기태 원장에게 보고하려 원장실을 찾았다. 천 원장은 미의연이 창립된 후 세 번째 원장으로 군이 따지자면 초대 박상동 원장과 맥을 같이 하는 인물이었다. 천 원장은 자기가 원장이 되고 난 뒤 가치가 천 원으로 떨어졌다고 농담 삼아 이야기하곤 하였다. 그리고 놀랄 정도로 미래 기술에 대한 호기심도 많았고 공상과학에도 관심을 꽤 가지고

마이크로 아바타

있었다.

"우리도 아바타와 같은 것을 만들어 볼 수 없을까?"

천 원장은 농담 반 진담 반 사석에서 말하기도 하였다. 나는 μ-아바타를 개발하고 싶었지만 막상 생각을 털어놓고 허심탄회하게 이야기할 상대가 없었다. 천 원장의 의중을 어느 정도 파악한 상태에서 가진 술자리에서 나는 μ-아바타에 대한 생각을 내비쳐 보았다. 엉뚱하게 들릴 수도 있었고 잘못하면 실없는 농담처럼 들릴 수도 있었기에 매우 조심스러웠다. 그 자리에는 다른 사람이 없었다. 천 원장은 나에게 좀 더 물어보고 매우 흥미로운 표정을 지었다.

"아주 멋진 생각입니다. 원장으로서 적극적으로 도와줄 터이니 추진해 보세요."

하지만 국내 연구 환경에서는 매우 조심해서 추진해야 할 것이라는 말을 덧붙였다. 천군만마를 얻은 기분이었다. 당분간은 어느 누구에게도 말하지 않고 다른 연구를 기획하는 것처럼 포장하기로 하였다. 나는 천 원장에게 출장에 대해 간단히 보고하고 μ-아바타가 혈관에 들어갔을 때 백혈구의 공격이 가장 우려되므로 자가면역질환 전문가의 도움이 절실하다고 했으며 스위스 취리히 병원의 헬무트 박사가 은퇴 후 한국에서 살고 싶다는 의견을 전달하였다.

"연구에 도움이 된다면 당연히 모셔 와야지요. 그리고 과제를 추진하되 아바타라는 제목을 넣지 말고 잘 포장하여 추진하는 것이 좋을 것 같네요.”

　나는 연구실로 돌아왔다. 기술개발 자체도 쉽지 않겠지만 아주 신뢰할 수 있는 인물들로 구성하되 처음에는 μ-아바타 개발이라는 실체가 잘 드러나지 않아야 하였다. 며칠 구상을 하고 분야별 내용과 직간접적으로 참여할 사람들을 꼽아 보았다. 그리고 연구 개발 계획서 초안을 작성하기 시작하였다. 초안 작성 후 천 원장에게 보고하고 관련 인물들을 접촉하여 의사를 타진하기로 하였다.

　‘문제는 지금부터이다. 어떻게 μ-아바타라는 말을 하지 않고 다른 기관의 사람들을 μ-아바타 개발에 참여시킬 수 있을까?’

　나는 초안 작성을 위하여 애초에 생각했던 다섯 가지 항목을 되짚어 보았다. 그 항목들 중에 [μ-아바타의 백혈구에 대한 친화성] 문제는 헬무트 박사를 초빙하여 해결하도록 하면 될 것이라고 생각하였다.

　‘헬무트 박사에게는 선정된 아메바나 유전자 조작으로 새로운 기능이 부여된 아메바와 백혈구와의 친화성에 대한 연구를 맡긴다.’

이 분야 연구에 대해서는 취리히에서 헬무트 박사와 합의를 보았고 천 원장도 환영한다고 했기에 이메일을 통한 확인 절차만 남았다. 그 밖의 행정 절차는 미의연의 행정 부서에서 처리하면 될 일이었다.

대상 아메바의 선정은 과제 시작 전에 확정하기로 하였다. 이찬구 교수의 세미나와 개인적인 공부로 이제는 아메바가 친숙하게 느껴졌다. 1차적으로 우리 몸에 존재하는 아메바를 대상으로 유전자 조작을 통해 μ-아바타로의 발전 가능성을 확인하며 대안으로 자연계에 존재하는 아메바도 찾아보기로 하였다. [아메바의 유전자 조작을 통한 새로운 기능의 구현] 연구는 개성대학교 홍 교수와 협업해야 할 것이라는 생각은 이미 홍 교수 세미나 때 해 두었었다. 하지만 홍 교수는 아메바를 다루어 본 적이 없기에 연구 과제 초기에 수행될 아메바 특성 연구에 홍 교수 팀도 참여시켜야만 할 것으로 생각되었다.

'이 부분의 연구를 통해 다양한 기능이 부여된 아메바를 만들 수 있고 1세대 μ-아바타가 개발된 후에도 새로운 기능을 개발하고 탑재하여 2세대, 3세대 μ-아바타를 만들 수 있을 것이다.'

하지만 홍 교수 팀에게 내가 생각하는 모든 기능이 부여된 μ-아바타를 개발하는 일을 맡길 수는 없었다. 나는 홍 교수와의 세미나와 그 후의 교신을 통해 홍 교수는 아메바에 광합성 기능을 부여하는 데 매우 관심이 많다는 것을 알게 되었다. 그래서 홍 교수 팀에게는 광합성 기능을 가진 아메바를 개발하는 것을 1차 목표로 할당하기로 하였다.

'그 외의 기능을 아메바에 부여하는 부분은 되도록 우리 팀에서 직접 수행하자. 홍 교수와의 협업을 통해 많은 것을 배울 수 있을 것이다.'

홍 교수와의 역할 분담을 정리한 후 나는 다시 μ-아바타의 연구 개발의 핵심이며 가장 어려울 것으로 예상되는 아메바 제어에 대해 고민해 보았다.

'유전자 조작으로 새로운 기능이 부여된 아메바가 μ-아바타가 되기 위해서는 그 아메바를 제어할 수 있어야 한다. μ-아바타 주인이 μ-아바타를 통해 환자의 혈관 안에서 임무를 수행하기 위해서는 상호교신장치가 필요하다. 서로 물리적으로 떨어져 있는 μ-아바타 주인과 μ-아바타가 교신하기 위해서는 μ-아바타에 주인의 DNA를 심어 그 μ-아바타를 움직이게 해야 한다.'

이를 구현하기 위한 대상 아메바에 사람의 정자를 넣고 그 정자와 교신하여 아메바를 조정하는 좀 황당할 것 같은 아이디어를 이미 생각하고 있었다. 이 분야는 아메바의 유전자 변형에 대한 연구 추이를 보면서 구체적인 생각을 정리해 보기로 하였다.

'이 부분의 연구가 성공적으로 완료되어 μ-아바타 주인과의 μ-아바타와의 교신 방법과 기술이 개발되면 제1세대 μ-아바타가 탄생할 것이다. μ-아바타 주인의 뇌파를 μ-아바타에 전달하는 것은 전자기학이나 양자역학 범주에 속하기에 이 부분의 연구는 어렵지 않을 것이다. μ-아바타가 주인에게 신호를 보내는 것은 초음파를 이용하면 될 것이고 이것은 유전자 조작으로 충분히 가능할 것이다.'

우선 두 가지 과제로 출발하기로 하였다. 그 첫 번째는 홍 교수의 협업이 주된 것으로 제목이 [광합성 기능이 부여된 아메바를 이용한 태양광 차단제 개발]이었다. 두 번째 과제는 헬무트 박사가 주 연구원으로 수행할 [아메바와 백혈구와의 이상 반응에 대한 연구]이었다. 그런데 자료를 조사해 보니 광합성 하는 아메바가 존재하였다.

[파울리넬라(Paulinella)라 불리는 아메바는 현미경으로 보면 녹색으로 보인다. 하지만 이 아메바가 세포 내에 엽

록체(chloroplast)를 가지고 있는 것은 아니고 광합성을 하는 시아노박테리아(cyanobacteria), 즉 남세균을 품고 있으며 공생 관계를 가진다.]

홍 교수에게 연락해 보았다. 홍 교수도 이 사실을 알고 있었다고 하였다. 저번 세미나에서 언급을 하려고 했지만 다른 내용이 많아 생략을 했다고 하였다. 우리 쪽에서는 유전자 조작에만 관심을 가져 공생 관계를 가진 박테리아에 대해서는 생각을 하지 못하였다.

'광합성 하는 아메바가 이미 존재하고 이를 이용한다면 과제 내용과 기간이 줄어들 수 있지 않을까?'

홍 교수에게 다시 연락해 보았다. 홍 교수는 내 의견에 따르겠다고 하였다.

"광합성 하는 아메바를 유전자 조작하면 더 좋은 결과가 나올 수도 있을 것 같네요. 광합성으로 포도당 이외의 유용한 물질을 합성하는 것이 유전자 조작의 목표가 되겠지요."

미생물학자인 이찬구 교수가 생각이 났다. 나는 파울리넬라 아메바에 대해 문의를 해 보았다. 이 교수는 그 아메바에 관해 잘 알고 있다고 하였다. 연구 과제에 대해 간단히 설명하고 협업할 방안이 없겠느냐고 물어보았다.

"마침 박사과정 학생이 파울리넬라 아메바를 연구하고 곧 학위를 받으니 김 박사 팀에 합류하는 것이 어떻겠습니까?"

이 교수는 이렇게 되물었다. 내 입장에서는 인력을 충원해야 하는데 연구 과제와 적합한 사람이 있다하니 기쁜 마음을 감출 수 없었다. 이 교수에게 그 박사과정 학생을 한번 보고 싶다고 하였다. 며칠 후 그 학생이 내 연구실을 찾아왔다. 이번 가을학기에 학위를 받는다고 하였다. 이름은 장권룡이었다. 드라마 〈미생〉에 나오는 장그래 사원과 묘하게 닮은 데가 있었고 미생이 미생물과 연관되어 기억하기 좋았다. 커피를 마시면서 장 박사(아직은 박사가 아니지만 그렇게 부르기로 했다)에게 몇 가지 연구와 관련하여 물어보았다. 그리고 박사논문 심사 전에 연습도 할 겸 발표 자료를 가지고 미의연에 와서 세미나를 할 것을 요청하였다.

μ-아바타의 꿈에 조금씩 다가가는 느낌이 들었다. 일단 홍 교수 팀에게는 파울리넬라 아메바를 비롯한 여러 아메바를 유전자 조작을 할 수 있는지, 그리고 그 아메바들에게 특정 기능을 부여할 수 있는지에 관한 연구주제를 주기로 하였다.

"김 박사님. 아메바를 유전자 조작하여 기능을 부여한다면 어떤 기능이 좋겠습니까?"

연구 주제에 대해 좀 혼란스러워하던 홍 교수가 물어 왔다. 아차 싶었다. 나는 아직 홍 교수에게 μ-아바타에 이야기하지 않고 있었다. [아메바에 광합성 기능을 부여하는 목표가 다른 것으로 바뀐 상태에서 더 이상 숨길 수는 없었다. 홍 교수에게 연구 과제의 궁극적 목표가 μ-아바타 개발이라는 것을 밝히고 홍 교수로 하여금 유전자 조작으로 아메바가 가져야 기능을 선택하기를 요청하였다. 홍 교수는 μ-아바타 개발이라는 말에 고무되어 초음파를 발생하는 박쥐나 곤충의 유전자를 아메바에 심어 초음파 발생하는 기능을 가진 아메바를 만드는 것을 제1의 목표로 하겠다고 하였다. 이 기능은 물론 내가 권유한 바였다. 대신 미의연은 광합성 하는 아메바를 가지고 이 아메바가 사람 피부에서 존재하는 조건, 햇빛에 노출되었을 때 광합성으로 포도당이나 인체에 필요한 물질을 생성하는지를 온도, 습도, 이산화탄소 농도 등을 바꾸면서 시험하기로 하였다. 처음에는 사람 피부에 직접 적용할 수 없으니 인조피부를 이용하기로 하였다.

*

독일에서 헬무트 박사가 한국으로 오는 비행기에 탑승했다고 연락이 왔다. 부인과 둘이 오는 것 같았다. 다른 팀원이나 미의연 행정 부서에 연락해서 픽업하도록 요청해도 되었지만 내가 직접 공항에서 마중하기로 하였다. 헬무트 박사 부부가 당분간은 미의연 안에 마련된 게스트하우스에서 지내도록 조치해 두었다. 미의연은 대전의 구봉산 아래 한적한 곳에 있었다. 주변에 아파트 단지가 있었지만 아주 조용한 환경을 제공하였다. 그렇다고 시내에서 동떨어진 곳이 아니어서 헬무트 박사 부부가 처음에 한국에 적응하는 데 큰 문제는 없을 것 같았다. 그 숙소에서 일정기간 지낸 후 근처 아파트로 옮겨 줄 예정이었다.

헬무트 박사는 정말 한국에 오고 싶었던 모양이었다. 8시간 이상의 비행에도 불구하고 인천 공항 출구에 나오면서 매우 기쁜 표정을 지었다. 지친 기색이라곤 전혀 없어 보였다. 헬무트 박사 부인도 표정이 밝았지만 좀 피곤한 기색이었다. 처음 며칠은 대전에 있는 호텔에 머물 예정이어서 헬무트 박사 부부를 픽업한 후 대전으로 차를 몰았다.

"김 박사님. 우리 마누라 때문에 한국에 오기 참 힘들었어요. 앙헬라가 한국에 오기 싫어했었고 설득하느라고 고생 많이 했어요."

인천 공항에서 대전으로 오는 차에서 헬무트 박사가 한국에 오기까지 우여곡절을 열심히 설명해 주었다. 처음에는 완강히 반대하던 부인인 앙헬라가 한국의 세계적인 보이 그룹이 근처에서 공연하고 딸이 거기 다녀온 후 엄청나게 자랑을 하자 한국에 관심을 갖기 시작했고 급기야 헬무트 박사를 따라 머나먼 한국에 오게 되었다고 하였다.

"참 잘 오셨습니다. 헬무트 부인. 제가 오늘 근사한 저녁 식사를 대접하고자 하니 식사 후 편히 쉬십시오. 제가 두 분이 한국에 계실 때 잘 모시겠습니다."

이번 여름은 정말 무더웠다. 가을이 시작되는 9월 초. 오랜만에 미세먼지 농도도 낮고 구름 한 점 없이 맑았다.

"어머. 한국 날씨 참 좋네요. 애들 아빠가 나이가 들어 고향에서 편안히 살고 싶었는데, 날씨를 보니 잘 왔다 싶네요."

'μ-아바타의 앞날도 오늘과 같이 화창하겠지….'

마이크로 아바타

06.

좌절과 희망

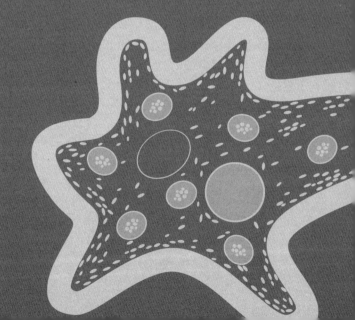

개성대학교 홍 교수에게서 연락이 왔다. 연구를 포기해야 할 것 같다고 하였다. 홍 교수는 전에도 가끔 연구의 어려움을 토로해 왔었다. 그런데 이번에는 그 정도가 차원이 다른 것 같았다. 당장 만나자고 홍 교수에게 제안하였다. 홍 교수는 서울의 한 술집에서 기다리겠노라고 하였다. 나는 급히 차를 몰았다. 홍 교수는 혼자서 술을 마시고 있었다. 홍 교수와 술잔을 놓고 마주 앉았다. 나는 홍 교수가 자신이 맡은 연구에 큰 기대를 가지고 정말 열심히 해오고 있었다고 생각하였다. 그가 보내오는 데이터의 양도 만만치 않았다. 하지만 우리 팀의 일이 우선이었으므로 홍 교수 팀의 데이터는 심도 있게 보고 있지는 않았다. 홍 교수가 잘해 주리라 믿고 있었다. 유전자 조작 분야에서 최고의 전문가인 홍 교수가 충분히 연구 목표를 달성할 수 있을 거라고 다들 생각했었다. 초음파를 발생하는 동물은 많이 있다. 나방이나 박쥐, 돌고래 등은 초음파를 발산하거나 초음파를 감지할 수 있다. 홍 교수 또한 이들 동물을 이용한 유전자 조작을 통해 어렵지 않게 초음파를 발생하는 아메바를 구현할 수 있을 것으로 생각했을 것이었다. 연구 개발 단계 초기에 그가 보여 준 자신감으로부터 충분히 짐작할 수 있었다. 아메바의 크기가 매우 작고 그 움직임을 제어하기 위해 특수한 환경에서 작업을 해야 하는 등의 어려움들은 소소한 것이었다.

"김 박사님. 도대체 나방이나 박쥐의 세포에서 추출한 핵이 아메바에 심겨지지 않습니다. 광학현미경으로 관찰이 불가능하고 전자현미경으로 관찰해야 하는데 실시간으로 그 상태를 관찰할 수 없어 더 어려워요."

홍 교수의 말을 듣고 보니 이해가 되었다. 연구는 언제나 어려움이 존재하고 그 어려움을 극복하는 것이 연구의 본질이라는 원론적인 말로 홍 교수를 달래고 집으로 보냈다. 집에 돌아와서 곰곰이 생각해 보았다.

'지금의 과정과는 반대로 아메바의 유전자를 나방이나 박쥐 세포에 치환하고 이 세포를 분열시킨 다음 다시 그 세포로부터 핵을 채취하여 아메바에 넣는 2단계 방식이 어떨까?'

다음 날 아침 나는 홍 교수에게 전화를 하였다. 아직 술이 덜 깬 목소리로 어제 일은 미안했다고 사과하였다. 그리고 마음을 추스르고 다시 연구에 매진할 것이라 하였다. 나는 어제 밤에 떠올렸던 아이디어를 홍 교수에게 말해 주었다. 홍 교수는 결과는 예측할 수 없겠지만 새로운 방법으로 한번 시도해 보겠다고 하였다.

헬무트 박사가 우리 연구 팀에 합류한 지 1년이 다 되어 가고 있었다. 헬무트 박사의 일은 다양한 아메바 중에서 백혈구에 공격을 받지 않는 아메바를 찾아내고 그 체제를 연구하는 것이었다. 나는 인체에 존재하는 아메바가 있으므로 백혈구의 공격을 받는 외부 아메바와의 차이를 살펴보면 그리 어렵지 않게 그 원인을 알 수 있을 것으로 생각하였다. 하지만 헬무트 박사에게는 아메바는 새로운 영역이었다. 보문대학교 이 교수의 제자인 장권룡 박사와 일정 부분 함께 연구하도록 업무를 맡겼었다. 장 박사는 아메바의 광합성에 대해서 주로 연구하였으며 아메바를 잘 알고 있었기에 헬무트 박사의 일에 많은 도움이 되고 있었다. 아메바는 사람 몸속에도 있지만 대부분 자연계에 존재한다. 사람 몸에 있는 아메바는 기생충의 일종으로 다루어지고 있으며 간, 장 등이 기관에서 감염증을 유발하고 자연계에 존재하는 아메바는 뇌를 먹는 경우도 있다. 헬무트 박사는 이런 아메바가 왜 백혈구에 공격을 받지 않고 사람 몸에서 병을 일으키는지 연구를 하고 있었다. 자가면역질환과 반대되는 현상이었다. 헬무트 박사는 아메바가 낭종으로 존재할 경우 그 공격을 회피할 수 있는 것을 실험적으로 확인하였다. 이런 아메바의 특성을 원격으로 제어할 수 있으면 μ-아바타가 혈관 안에서의 활동을 수행할 수 있겠지만 μ-아바타가 항상 낭종으로만 존재할 수 없으므로 낭종이 없는 상태에서도 백혈구에 공격당하는 일이 없어야 하였다. 아메바가 공격당하지 않는 연구는 아메바를 인체의 정상세포로 위장하도록 하는 것이 성공의 열쇠인 셈이었다. 하지만 나는 장 박사와 헬무트 박사와의 토론이 끝난 후 μ-아바타가 정말로 개발이 가능한 것인가 하는 회의가 생겼다.

'결국은 μ-아바타의 주인의 체세포를 아메바에 심어야 하는 것인가. 이 경우에도 μ-아바타 주인의 체세포가 환자의 체세포가 아니므로 환자의 백혈구가 이를 구분할까?'

나의 고민이 깊어 갔다. 자가면역질환을 앓고 있는 환자에 μ-아바타를 투입하여 관찰한다면 그 원인을 알 수 있을 것으로 생각되었다. 그렇지만 나는 μ-아바타 개발과 상관없이 헬무트 박사와 같이 연구를 하고 있는 동안 자가면역질환의 원인을 규명하고 싶었다.

'자가면역질환에서 백혈구가 정상세포를 침입자로 오인한다면 백혈구의 문제이고 백혈구가 정상이라면 그 세포가 정상세포로 보이지 않는 이유를 알아내어야 할 것이다. 그 세포 근처에 다른 미생물이 숨어 있을 수도 있을 것이다. 이런 과정을 알아낸다면 μ-아바타 구현에 많은 도움이 될 것이다.'

*

　실로 오랜만에 이택선 박사가 한국을 방문한다고 하였다. 한국에는 가까운 친척이 없어 방문할 기회가 없었지만 우리 팀이 혈류 시뮬레이터를 개발하면서 이 박사를 초청하였다. 최근 인조피부를 연구하고 있다고 해서 우리 팀의 연구에 도움이 될 것 같았고 서로 만난 지도 오래되어 한번 보고 싶었다. 이 박사는 자신의 선산이 있는 홍성을 방문하고 주말에 대전으로 오기로 하였다. 이 박사는 나와 주말을 함께 보내고 그다음 월요일 미의연에서 자신이 하는 일에 대한 세미나를 한 후 독일로 돌아가는 일정을 잡았었다. 토요일 이 박사가 대전 복합터미널에 도착하고 나는 집 근처의 호텔로 그를 데려다 준 후 짐을 풀고 난 후 함께 저녁 식사를 하였다. 5년 전에 마지막으로 독일에서 보고 처음이었다. 그동안 수염도 길었고 창창하던 시절의 이 박사는 아니었지만 눈빛만은 청춘이었다.

"아니 부인은 같이 안 오시고 혼자 오셨어요?"

"우리 집사람 비행기를 잘 못 타. 고소공포증이 좀 있어. 그래서 같이 못 왔어. 김 박사에게 안부를 전해 주라더군."

"부인은 이 박사님을 만나 한국 문화를 많이 접해서 한국을 한번 방문하고 싶었을 텐데. 참 아쉽네요."

이 박사가 집으로 한국 유학생을 자주 불러 식사를 했던 기억이 떠올랐다. 그는 소주에 삼겹살을 먹고 싶다고 하였다. 이 박사는 호텔 근처 삼겹살집을 찾다가 곱창을 파는 집을 보고 거기로 가자고 하였다.

"우리 고향 홍성은 소고기가 유명하지. 어릴 때 많이 먹던 곱창이 생각이 나. 난 술은 잘 못 마시지만 오늘 만큼은 김 박사와 함께 한잔하고 싶어."

독일에서 이 박사와 함께 했던 일들을 소회하고 나니 곱창 안주가 나왔고 그는 잠시 생각이 잠겨 침묵하다가 곱창을 보고 말을 이었다.

"곱창을 보니 고향 생각도 나고 어릴 때 생각도 나네. 이번에 고향에 가 보니 아는 사람이 아무도 없더군. 온갖 꽃들만 만발하고 있었지."

잠시 생각에 잠긴 듯한 이 박사의 얼굴에 쓸쓸한 표정이 묻어나고 있었다. 4월의 꽃이 아무리 화려해도 그것을 알아줄 사람이 없다면 다 무용지물일 터였다.

마침 곱창 안주에 딸려 나온 돼지껍질을 보자 이 박사는 '바로 이거야' 하면서 나를 보았을 때처럼 반가워하고 있었다. 그는 자기가 연구하고 있는 것이 인조피부인데 그 인조피부의 주재료가 돼지껍질이라고 하였다.

"김 박사도 잘 알겠지만, 돼지 유전자와 사람 유전자가 아주 유사해. 현재 돼지의 장기를 인체에 이식하는 것을 연구하고 실제 의학적으로도 많이 이용하고 있지."

"네. 우리 미의연 수의공학연구소에서도 일부 연구를 수행하고 있어요."

"이 돼지껍질을 봐. 아주 탱탱하지. 이 피부를 사람에게 이식하면 사람 얼굴이 확 바뀌겠지. 나는 본래 석유화학에서 나온 폴리머를 연구했지만 이 돼지껍질을 보고 반했지. 그래서 폴리머를 돼지껍질처럼 만들 수 있지 않을까하는 연구를 하고 있어. 내가 다음 주 월요일 발표할 세미나에서 좀 설명할 거야."

돼지껍질에 대해 더 이야기를 나누었고 이후 한국에 있는 예전 유학생들의 근황에 대해 이야기하면서 이 박사와의 저녁 식사를 마무리하였다. 이어서 우리는 생음악을 들려주는 와인 바가 최근에 문을 열었다고 해서 그리로 자리를 옮겼다. 영화 〈디어헌터〉의 주제곡인 〈카바티나〉가 한 젊은 연주가의 기타로부터 흘러나오고 있었다. 우리는 조용한 구석 자리를 찾아 앉았다.

"김 박사의 혈류 시뮬레이터 개발은 잘 되고 있나? 나도 관심이 있었지만 독일에서의 생활이 한눈을 팔게 하는 것이 아니라. 하하."

"네. 잘 마무리되어 수의공학연구소와 공동으로 동물, 특히 반려견이나 반려묘의 고혈압 연구에 활용하고 있어요. 처음 시작할 때 이 박사님의 도움이 컸습니다."

"음. 반가운 얘기네. 그런데 향후 어떤 연구를 할 셈인가? 아직 은퇴하려면 한참 남았을 터이니. 아니 아직 한참 때이니."

나는 그에게 단도직입적으로 μ-아바타에 대해 이야기를 하였다. 이 박사는 나로서는 신뢰할 수 있는 인물이었다.

"제가 철산화물 나노입자의 자기 특성을 이용하여 동물실험을 하면서 혈관에서 혈액의 흐름을 탐구했고 혈관을 모사하는 시험 장비를 개발하여 사용하다 보니 고혈압과 같은 질환에 대해 많이 알게 되었지만 항상 답답했어요. 혈관 안을 직접 들여다보고 싶은 마음이 굴뚝같더라고요."

이 박사는 꽤 흥미로운 주제라고 하면서 자신이 도울 수 있는 일이 있으면 언제든지 도울 준비가 되어 있다고 하였다.

"나 요즘 밤일이 두려워. 마이크로 아바타가 있으면 발기부전도 쉽게 치유될 수 있을 것 같은데. 그땐 내가 기쁜 마음으로 마루타가 되어 주지. 하하하. 농담이 아니야."

"마이크로 아바타가 개발되어 고혈압뿐만 아니라 혈류를 제어할 수 있다면 발기부전도 약물에 의존하지 않고 치유할 수 있을

마이크로 아바타

거예요. 하하."

　나는 이날 밤늦도록 그와 이야기를 나누었고 그다음 날인 일요일 오전에 대청호를 함께 돌아보았다. 이른 오후 이 박사는 월요일 세미나를 위해 좀 일찍 들어가서 쉬겠다고 하여 나는 그와 호텔에서 헤어졌다. 월요일 오전 10시에 이 박사의 세미나 일정을 잡았었다. 보통은 오후 2시 이후에 초청 강연을 하지만 점심 식사 후 개인 일정이 있다고 해서 그 일정에 맞추었다. 세미나 주제는 고무 재료에 기반을 둔 인조피부에 관한 것이었다.

　"이 재료를 이용하면 화장품이나 피부에 바르는 의약품, 그리고 환경오염, 태양에 의한 피부 손상에 대한 다양한 시험을 할 수 있을 걸세."

　나는 이 인조피부가 훗날 μ-아바타를 혈액에 주사로 넣지 않고 피부로 침투시키는 연구를 할 때 필요할지도 모르겠다는 생각을 하였다.

07. 7부 능선을 넘어

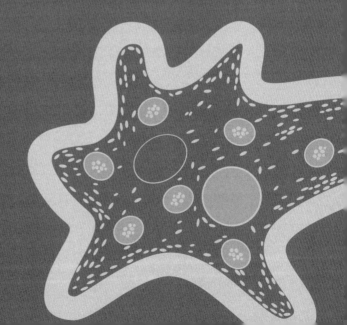

홍 교수가 밤늦게 연락을 해 왔다. 거의 자정이 다 될 무렵이었다. 홍 교수의 연구 학생 중의 하나가 밤늦게까지 실험하다가 유전자 조작된 아메바로부터 초음파 신호를 감지하였다는 보고를 받았다고 하였다. 이 아메바는 먼저 아메바의 핵이 삽입된 박쥐 세포에서 떼어낸 핵을 다시 아메바에 삽입한, 이중 유전자 조작된 아메바로 내가 몇 달 전에 홍 교수에게 전해 준 아이디어에 따른 것이었다.

"그 학생의 연락을 받고 급히 실험실로 가서 확인을 해 보았지요. 내일 아침에 다시 확인해 볼 것이지만 거의 확실하게 초음파가 잡히고 있었습니다."

이렇게 흥분한 홍 교수의 목소리를 들어 본 적이 없었다. 그렇다면 나도 다음 날 일찍 홍 교수 연구소로 찾아가 확인해 보리라 마음을 먹었다. 나는 애초 전방과 후방으로 초음파를 내는 아메바를 생각했었다. 그래도 초음파를 발생하는 아메바가 만들어졌으니 7부 능선을 넘어선 셈이었다. 그동안 홍 교수는 마음고생이 매우 심했었다. 홍 교수의 관심은 광합성이 가능한 아메바를 만들어 내는 것이었는데 그러한 아메바가 이미 존재하니 김이 새는 일이었다. 더욱이 광합성 하는 아메바는 보문대학교 이 교수의 제자인 장 박사의 박사학위 주제였다. 그래서 홍 교수의 역할에 대한 최초의 구도가 어긋났지만 초음파를 내는 아메바를 만들어 내는 일을 홍 교수에게 권유하였었다. 홍 교수는 처음에는 별 관심을 보이지 않았다. 오랜 고민 끝에 나는 홍 교수에게 μ-아바타 이야기를 꺼냈었다. μ-아바타를 구현하기 위해서는 혈관 안에서 외부에서 조정이 가능한 아메바가 필수적이라고 했었다. 이러한 설명을 듣고 홍 교수는 마음이 움직였다.

　다음 날 아침 출근을 한 다음 이 같은 사실을 천 원장에게 간단히 보고하고 홍 교수 연구소로 출발하였다. 개성대학교는 대전에서 KTX를 타면 그리 멀지 않았다. 1시간 남짓한 거리였다. 하지만 나는 차를 몰고 가기로 하였다. 서울을 우회하여 통과하면 좀 멀지만 자율주행으로 갈 수 있으니 차에서 자료 정리를 하고 다른 업무를 수행할 수 있었다. 파주시를 지나 개성으로 들어가면서 엄청난 감회가 밀려들어왔다. 비무장지대는 원시림처럼 잘 보존되어 있었다. 통일 직후에 이 택선 박사는 평양을 한번 방문한 적이 있다고 하였다.

"한때 완공되지 않은 세계최고의 빌딩이라는 오명을 썼던 류경(柳京)호텔을 보았는데 남한 자본이 들어가 아주 멋지게 단장되어 있더구먼."

류경은 버드나무 서울이라는 뜻으로 평양의 다른 이름이기도 하였다.

"저도 언젠가 평양에서 평양냉면과 대동강 맥주를 마시고 싶네요."

평양에도 대학이 있지만 서울 출신들은 아무래도 서울에서 가까운 개성대학교를 선호하였다. 이 박사는 남북한이 통일되기 훨씬 전인 1993년에 동서독이 통일되었을 때의 상황을 뚜렷이 기억하고 있다고 말한 적이 있었다.

"그때 가슴이 뭉클하더군. 독일이 통일되면 남북한도 곧 통일이 될 줄 알았는데."

한국의 통일은 그로부터 40년이 흘러 이루어졌다. 통일 전의 독일은 동서로 분단되었을 뿐만 아니라 동독 안에 있었던 독일 수도 베를린도 동서로 나뉘어져 있었다. 서독에서 서베를린으로 가려면 동독의 영공이나 땅을 거쳐 가야만 하였다.

"내가 차를 몰고 서독에서 서베를린으로 몇 차례 간 적이 있었지. 통과 비자만 받고 한 길만 쭉 가고 있었는데 도로 곳곳에 있는 육교 위로 동독 사람들이 우리를 구경하고 있어 매우 긴장했었지. 지금 생각하면 아주 어처구니없는 일이었지. 그리고 서베를린에서 동베를린을 통과하는 지하철이 있고 그 지하철을 타고 어떤 동베를린 지하철역에 내리면 그 역사에 서베를린에서보다 저렴하게 파는 담뱃가게가 있어 베를린 유학생들이 자주 사러갔었다고 해.”

'이런 베를린의 위치 때문에 독일의 통일이 한국의 통일보다 훨씬 먼저 이루어졌을 것이다. 어떤 형태이든 동서독 사람들이 베를린에서 자주 접촉했을 터이니⋯.'

개성대학교에서 수의과대학을 찾아가니 홍 교수가 건물 앞으로 마중을 나와 있었다. 부스스한 얼굴에 매우 상기된 표정이 겹쳐 있었다. 어제 그 학생의 전화를 받고 실험실에 온 후 사무실에서 잠깐 눈 붙인 것 외에 한잠도 자지 않았다고 하였다. 홍 교수를 따라 그의 사무실에서 가서 커피 한잔을 뽑아 들고 실험실로 향하였다. 박신균이라는 박사과정 학생이 우리를 보고 인사를 하였다. 그는 컴퓨터 화면에 지난밤에 측정된 초음파 신호들이 시간의 흐름에 따라 나오고 있는 것을 나에게 보여 주었다. 유전자 조작된 아메바는 특정 조건에서 초음파가 발생하였다는 박 연구원의 설명이 있었다.

"다양한 주파수의 초음파를 발생시켜 아메바를 자극했더니 특정 주파수에서 증폭되었고 초음파를 없앴음에도 불구하고 그 초음파는 한동안 지속되었습니다. 그래서 지금은 아메바를 다양한 파장의 초음파로 자극하고 아메바의 거동을 초고해상도 형광현미경*을 이용하여 관찰하고 있습니다."

박 연구원의 설명이 사실이라면 유전자가 조작된 아메바와 초음파를 통해 교신이 가능할 것이라고 나는 생각하였다. 홍 교수가 이어서 말하였다.

"초음파를 발생할 수 있는 유전자로 조작된 아메바의 형상이 이전의 아메바와 형상이 좀 다르다는 느낌을 받았지만 이번에 처음으로 초음파를 발생하는 것을 확인했지요."

나는 무균실에 들어가 실험실 설비들을 둘러보고 제어실에서 초음파를 발생하는 아메바의 형상을 관찰해 보았다. 박 연구원이 주파수를 다양하게 보내자 아메바가 반응하고 그 움직임이 미세하게 포착되고 있었다. 홍 교수는 영상 자료들을 분석하여 실제 어떤 위치에서 어떤 움직임이 있는지 분석할 것이라 하였다. 다시 홍 교수 사무실로 돌아와 그와 마주하였다.

"홍 교수. 수고 많았습니다. 그간 마음고생이 심했지요?"

"아닙니다. 다 김 박사님 덕분이죠. 이 연구는 김 박사님과 같이 하는 연구이니 김 박사님도 수고가 많았던 것이지요."

---

* Super-resolved fluorescence microscopy

"그런데 홍 교수. 갑자기 떠오른 생각인데, 핵이 하나만 치환되는데 일란성 쌍둥이와 같이 두 개의 핵이 치환되면 어떨까요? 일란성 쌍둥이가 그렇지 않아요?"

"좋은 생각인 것 같습니다. 김 박사님은 항상 새로운 아이디어를 주시는군요. 김 박사님을 만난 것이 제게는 행운입니다. 일단 일란성 쌍둥이에 대해 좀 알아봐야 할 것 같습니다."

"허허. 그렇게 말씀해 주시니 낯이 화끈거립니다. 저는 유전자 조작된 아메바의 초음파 발생 기관이 앞뒤로 두 개가 있으면 좋겠다는 생각을 했습니다. 이를 위해서는 핵도 두 개가 필요하지 않을까 하는 생각입니다. 제가 너무 앞서갔나요. 하하."

"김 박사님의 의견에 충분히 동의합니다. 일단 초음파가 발생하는 상황을 좀 더 면밀히 관찰하고 데이터를 정리한 후 다시 한번 협의를 하시지요."

다시 국경을 넘는 기분으로 나는 개성에서 대전으로 차를 몰았다. 아니 자율주행으로 달렸다. 가만히 생각해 보니 최근 장 박사와 헬무트 박사의 연구가 좀 지지부진하였다. 돌아가서 장 박사 그리고 헬무트 박사와 문제점이 뭔지, 실제 어려움이 있다면 어떻게 헤쳐 나가야 할지 함께 고민해 볼 것을 제안하리라고 마음을 먹었다. 그동안 장 박사와 헬무트 박사가 하는 일에 대해 좀 등한히 했다고나 할까 그런 생각이 들었다. 이즈음 나는 인체 혈관을 모사하는 시뮬레이터 개발과 고혈압의 원인에 대한 분석 데이터를 정리하고 수의공학연구소와 공동으로 혈류 시뮬레이터를 이용하여 반려동물들의 심혈관 질환을 보다 깊이 관찰하고 분석하는 데 시간을 많이 할애하고 있었다. 최근 수의공학연구소 반여울 박사팀은 선의섬유와 공동으로 고양이나 개의 혈관을 3차원 프린트 기술을 이용하여 제작하는 과제를 수행하고 있었고 시제품이 나온 상태였다.

"혈관에 나노자성물질을 넣어 스캐닝하면 모세혈관까지 3차원 이미지가 만들어지고 이를 이용하면 모세혈관을 비롯한 모든 혈관을 3차원 프린터로 제작할 수 있습니다."

선의섬유의 우성규 연구소장이 자랑스럽게 이야기하곤 했었다. 이 기술이 개발된 것은 내가 수행했던 독일에서의 연구인 [나노자성물질을 이용한 혈관 탐사 연구]가 큰 도움이 되었다. 우리 팀은 기존의 혈류 시뮬레이터 연구 결과를 접목하기 위해 수의공학연구소와 협업하고 있었다.

장 박사의 연구는 틈틈이 보고받고 있었지만 개성대학교의 홍 교수 연구와 수의공학연구소와의 공동 연구에 신경이 쓰여 깊이 생각을 하지 못하고 있었다. 장 박사는 광합성 하는 아메바를 가지고 광합성 하는 환경과 조건에 대해 박사학위를 받았었다. 그는 우리 팀에 합류한 후로는 광합성으로 생성되는 물질이 어떤 것인지, 그 물질이 외부 환경에 따라 변화가 생기는지 그리고 그 물질을 아메바가 다 소비하는 것인지를 규명하는 연구를 하고 있었다. 나는 이 물질이 포도당이나 기타 인체에 유용한 물질이 되는 것에 관심을 가졌고 그 물질이 인체에 흡수되는 것을 원하였다. 대부분의 식물은 포도당과 산소를 만들기 때문에 포도당 자체가 인체에 흡수되면 에너지원이 될 것이고 산소 또한 인체의 호흡에 도움이 될 수 있으므로 이 현상을 이용하면 μ-아바타의 기능이 다양해질 수 있을 것이라는 생각을 해 왔었다.

　장 박사의 연구에 따르면 이 아메바는 주위 공기 중에 지나치게 이산화탄소가 많아지면 광합성 효율이 떨어지고 비활성화되며 심지어는 낭종으로 변하기도 한다고 하였다. 그리고 그는 광합성 하는 과정에는 그 활동이 매우 활발함을 알 수 있었다고 했다. 이런 연구 결과는 장 박사의 박사학위 논문 내용과 크게 차이는 없는 것이었다. 그래서 나는 인조피부에 이 아메바를 배양시키고 전기 자극과 같은 외부 자극을 주어 광합성 중에 아메바의 활동을 억제하도록 연구방향을 수정할 것을 지시하였다. 이 연구에서 기대되는 것 중에 상업적인 가치가 있는 것은 광합성으로 인한 태양광 차단 효과였다. 물론 미생물이 들어 있는 화장품이 그런 기능을 한다고 알려져 있지만 아직 제대로 검증되지 않고 있었다. 그리고 포도당은 당뇨와 관련이 있으므로 광합성으로 생성된 포도당이 얼마나 피부에 흡수되는가 하는 것도

106

당장의 관심의 대상이 될 수 있었다. 나는 μ-아바타 개발 과제를 기획하면서 정리했던 것을 다시 떠올려 보았다.

'광합성으로 생성된 산소를 피부를 통해 직접 뇌혈관으로 보낼 수 있으면 일산화탄소 중독 등의 급박한 상황에서도 도움이 될 것이다. 아직 먼 이야기이지만 μ-아바타가 피부와 혈관을 왕래하면서 스스로 에너지를 충당하고 산소와 양분을 혈관 속으로 공급하는 이상적인 상황을 기대해 볼 수도 있을 것이다.'

헬무트 박사의 연구도 아직 큰 진전이 없었다. 헬무트 박사가 우리 연구 팀에 합류한 지가 2여 년이 되어 가고 있었다. 첫해 1년은 한국 생활과 미의연에 적응하고 스위스에서 했던 연구 결과를 미의연과 국내 다른 의료 기관에 전파하느라 바빴다. 첫해보다는 그 빈도가 줄었지만 아직도 다른 의료 기관에서의 러브콜이 많이 오고 있어 그는 외부 강연이나 의료지원을 많이 갔다. 나는 헬무트 박사가 μ-아바타의 구현을 위해 백혈구가 아메바를 공격하지 않는 조건이 뭔지 밝혀내기를 바랐다. 그는 아메바가 낭종으로 변하면 공격당하지 않는다는 것을 밝혀내었다. 이것은 나도 생각해 왔던 것으로 그가 실험적으로 검증해 준 셈이었다. 하지만 나로서는 μ-아바타가 혈관 안에서 활동하기 위해서는 낭종이 아닌 상태가 되어야 하였다.

헬무트 박사와 만나서 낭종이 아닌 상태의 아메바와 백혈구를 살아 있는 인체나 동물의 몸에서 확인하는 것보다 시뮬레이터를 통해서 확인해 보는 것에 대해 논의를 하였다. 이를 위해서는 다량의 백혈구가 필요하지만 뚜렷한 돌파구가 없어 보였다. 이런 고민을 독일에 있는 안디에게 이야기한 적이 있었다. 그런데 안디가 오랜만에 이메일로 연락을 해 왔다.

[베를린의 지인이 자가면역질환을 연구하기 위해 백혈구 (T-세포)를 다량으로 배양하는 데 성공했다고 하네.]

그 지인은 베를린 훔볼트 대학병원의 자가면역질환 전문가인 스테판 박사였다. 2년 전에 안디의 소개로 그를 그 병원에서 만난 적이 있었다. 처음 만났을 때 머리카락이 거의 없고 수염이 길어 나보다 한참 연배인 것처럼 보였으나 나보다는 1년 정도 젊은 친구였다. 헬무트 박사와도 아는 사이였고 헬무트 박사의 주선으로 한국의 학회에 참석도 하였고 미의연도 방문한 적이 있었다. 백혈구 배양은 μ-아바타의 인체면역체계와의 반응을 연구하는데 필요한 기술이었다. 나는 백혈구 배양기술을 이용하면 환자의 백혈구를 체외에서 배양하고 유전자 조작된 아메바와의 접촉을 통하여 백혈구의 공격을 회피할 수 있는 방법을 찾을 수 있을 것이라 생각했다. 미의연은 이택선 박사로부터 인조피부를 만들 수 있는 기술을 확보하였고 장 박사를 통해 광합성으로 만들어진 포도당이 피부를 통해 흡수되는 체계를 연구하고 있었다. 자가면역질환을 연구하려면 이 인조피부가 필요하였다. 그래서 나는 이러한 제안을 안디를 통해 스테판 박사에게 전달하였다. 서로의 기술을 주고받으면서 각자가 필요한 목적을 달성할 수 있으니 훔볼트 대학병원에서도 마다할 일이 아니었다. 스테판 박사에게서 연락이 왔다. 물론 긍정적인 답변이었다. 나는 헬무트 박사와 함께 훔볼트 대학병원을 방문하고 싶다고 하였다. 그리고 스테판 박사와 조율하여 방문 일정을 잡았다.

헬무트 박사는 2년 만에 고향을 방문하니 기분이 좋은 모양이었다. 미의연은 헬무트 박사 부인을 대동하도록 배려하였다. 그는 직장 때문에 스위스 취리히에서 오래 살았지만 그의 고향은 슈투트가르트였다. 이번 출장에 슈투트가르트에 있는 대학병원도 방문하여 그 병원에서 우리가 개발했던 인체혈류 시뮬레이터를 이용한 시험 결과를 발표하는 세미나 일정도 잡았다. 나로서는 처음으로 그 도시를 가 볼 기회를 가지게 되었다. 마침 헬무트 박사의 손자가 결혼을 한다기에 독일식 결혼식도 한번 참관하리라 마음을 먹었다. 월요일 슈투트가르트 대학병원에서 세미나를 위해 일요일에 출발할 수도 있었지만 일요일에 있을 헬무트 박사의 손자 결혼식에 참석하기 위해 토요일에 인천 공항을 출발하였다.

6월 말이라 꽤 더운 편이었지만 프랑크푸르트는 아직 한국처럼 기온이 높지 않았다. 프랑크푸르트와 슈투트가르트는 기차로 2시간도 안 걸리는 거리이기에 우리는 기차를 탔다. 기차의 차창 밖은 6월 말의 신록이 온 세상을 덮고 있었다. 독일은 언제와 봐도 변화가 거의 없는 듯하였다. 시골 풍경은 더더욱 그랬다. 오래전에 낮은 언덕을 개간하여 만들어진 밭에 고랑들이 가로로 세로로 잘 뻗어 나가 있었다. 그 고랑들이 끊기는 곳이 주인이 다른 땅과의 경계를 의미할 터였다.

결혼식은 가톨릭교회에서 열렸다. 교회 신부가 혼사 예배를 올렸지만 그 이후의 프로그램들이 많았다. 친지들이 편지를 읽고 친구들이 연극을 하고 노래를 하였다. 결혼식이 마치 버라이어티쇼와 같았다. 헬무트 박사도 손자가 결혼하고 여러 친지들과 함께 모여 있으니 아주 즐거워 보였다. 결혼식 행사의 막바지에는 야외에서 밴드가 음악을 연주하고 일부 하객은 춤추며 흥겹게 놀았다. 결혼식이 완전히 끝나기까지 족히 서너 시간은 걸린 것 같았다. 헬무트 박사 옆자리에서 이런 색다른 결혼식을 보니 나는 은근히 부러웠다. 그렇게 슈투트가르트의 초여름 밤은 지나가고 있었다.

그다음 날은 오전 일찍 슈투트가르트 대학병원에서의 세미나 일정이 잡혀 있어 이른 아침부터 움직였다. 이즈음 독일은 서머

타임도 있고 한국보다 위도가 높아 일찍 동이 터 우리가 이 대학병원에 도착하니 벌써 대낮처럼 환하였다. 슈투트가르트 대학병원에서의 세미나를 마치고 헬무트 박사와 나는 슈투트가르트 공항에서 비행기를 타고 한 시간쯤 지나 베를린 브란덴부르크 공항에 도착하였다. 공항에는 훔볼트 대학병원에서 예약한 공항 택시가 우리를 기다리고 있었다. 우리는 그 택시를 타고 훔볼트 대학병원으로 갔다. 2년 전에 보았던 스테판 박사는 여전하였다. 아직 창창한 나이였고 연구에 몰두할 때였다. 잠시 스테판 박사의 부서장을 만나고 인사를 나눈 후 스테판 박사의 안내로 백혈구를 배양하는 실험실로 갔다. 그는 백혈구 배양 과정을 자랑하듯 보여 주면서 이야기하였다.

"기술 이전을 통해 제약회사에서 추가로 연구하게 될 예정입니다. 이 백혈구를 이용하여 혈액암을 치유할 수 있을 것으로 기대됩니다. 유전자가 비슷한 부모나 형제자매의 백혈구를 배양하여 혈액암 환자에 투여하면 혈액암에 걸린 백혈구를 골라 소멸시킬 수 있기 때문이지요. 주사기로 투입하는 것보다 피부를 통해 투입하는 것이 부작용이 덜하고 훨씬 효과적일 것으로 예측되는데 피부흡수율이 매우 낮아 고민 중입니다. 미의연과의 공동 연구가 매우 기대됩니다."

훔볼트 대학병원의 목적은 미의연과 다른 셈이었다. 이 대학병원은 인조피부를 이용하여 백혈구의 흡수율을 높이는 것이 목적이고 미의연은 인조피부와 백혈구와의 이상 반응을 시험하여 자가면역질환을 치유하는 방법을 알아내는 것이었다. 물론 미의연의 목적을 스테판 박사도 공유하고 싶어 하였다. 슈투트가르트에서의 일정 때문에 늦어진 점심 식사에는 스테판 박사 이외에 이 병원의 부원장인 한스 루카스 박사도 참석하였다. 스테판 박사는 병원장이 일반 병원 업무를 관장하는 반면 부원장은 연구 개발과 관련한 일을 하고 있다고 하였다. 루카스 부원장은 스테판 박사의 일에 관심이 많고 병원 측에서도 기대가 많다고 하였다.

오후에는 헬무트 박사가 독일어로 미의연의 업무와 향후 훔볼트 대학병원과의 업무 협의에 관해서 세미나 형식으로 발표하는 자리를 가졌다. 병원이 바삐 돌아가고 있음에도 많은 사람들이 이 세미나에 참석하였다. 원장도 잠시 들러 우리 일행과 인사를 나누고 곧장 돌아갔다. 부원장은 곧 업무 협약을 위해 미의연을 방문할 것이라고 하였다. 나는 훔볼트 대학병원이 이렇게 적극적으로 나올 줄은 예상하지 못하였다. 스테판 박사는 부원장과의 저녁을 예약하고자 하니 특별히 좋아하는 음식이 없다면 독일 전통 음식으로 안내하겠다고 하였다. 나는 헬무트 박사와 간단히 저녁을 먹고 휴가차 고향으로 되돌아가는 헬무트 박사의 비행 스케줄에 맞추어 아침 일찍 브란덴부르크 공항으로 갈 예정이었다. 이렇게 지나친 환대가 좀 부담스러웠지만 그렇다

마이크로 아바타

고 거절할 수는 없었다.

식당은 동굴 같은 데 있었다. 곳곳에 불을 밝히고 있었지만 실내가 상당히 어둡게 느껴졌다. 조금 있으니 익숙해져서 그런지 실내 구석구석 눈에 들어왔다. 입구 가까운 곳에 맥주를 직접 제조하는 자그마한 시설이 있었다. 여기서 만든 생맥주를 바로 제공한다고 하였다. 루카스 부원장과 스테판 박사, 헬무트 박사 그리고 나는 동굴 벽에 붙어 있는 테이블로 안내를 받았다. 식탁에 있는 초에 불이 밝혀지고 식전에 생맥주를 한잔씩 하고 있으니 예약된 음식이 나왔다. 한국의 돼지 바비큐와 같은 것이었고 유학생 시절에 즐겨 먹었던 시큼하게 절인 양배추인 자우어크라우트(Sauerkraut)가 같이 나왔다.

"이곳은 2차 대전 때 방공호였는데 개조해서 레스토랑으로 사용하고 있지요."

루카스 병원장이 말하였다. 그리고 보니 반대편 벽에 옛날 방공호 사진들이 걸려 있었다. 생맥주 몇 잔에 취기가 올랐다. 사람들과 대화하는 도중에 언뜻언뜻 유학 생활이 떠올랐고 μ-아바타 생각도 났다. 갑자기 불이 꺼지고 동굴이 무너지니 대피하라는 소리가 들렸다. 나는 출구를 찾지 못해 헤매다가 흙더미에 깔리고 말았다. 숨이 막혀 뒤척이다가 잠을 깼다. 꿈이었다. 저녁 늦게 호텔로 돌아온 기억이 났다. 취기에 대충 외출복만 벗고 잠이 들었다. 식은땀이 와이셔츠에 배어 서늘한 느낌이 들었다.

간단히 샤워를 하고 다시 잠을 청하였다. 아직 너무 이른 새벽이
었다.

홈볼트 대학병원 루카스 부원장은 가을이 시작되는 9월에 한
국에 왔다. 그동안 미의연과 홈볼트 대학병원 사이의 협약을 위
한 서류작업이 진행되었고 서로가 만족할 만한 내용으로 합의
되기까지는 시간이 좀 걸렸다. 안디는 독일의 여름 휴가 기간이
긴 것을 감안하면 이례적으로 짧게 걸렸다고 하였다. 루카스 부
원장은 베를린에서 만났을 때보다 야심이 많은 인물로 보였다.
미의연에서도 독일의 유명 병원과 협약을 한다고 하니 천 원장
도 홍보에 신경을 썼고 협약식에 기자들도 참석하였다. 협약서
에는 양 기관의 연구원 한 명씩 양 기관에 교차 파견하여 6개월
간 상대방의 기술을 배우는 내용이 포함되어 있었다. 미의연은
장 박사를 파견하기로 하였다. 홈볼트 측에서는 스테판 박사가
오기로 했다는 이야기를 들었다. 나는 이런 행사와 절차 등에는
관심이 없었고 오직 장 박사가 되도록 빠르게 기술 이전을 받고
증식된 백혈구를 이용하여 관련 실험을 수행하고 싶었다.

장 박사는 수시로 나에게 진행 상황을 보고하였고 나도 장 박
사가 돌아올 때까지 두 차례 더 홈볼트 대학병원을 방문하였다.
스테판 박사는 10월 초부터 미의연에서 일하기로 하였다. 숙소
는 미의연의 게스트하우스로 정하였다. 게스트하우스는 대개

길어야 2주 정도 머물 수 있지만 달리 숙소를 구하기도 쉽지 않고 스테판 박사가 자주 본국으로 출국하기에 그렇게 하기로 하였다. 미의연에 머무는 동안 헬무트 박사가 스테판 박사를 잘 안내해 줄 것이라 하였다. 사실 헬무트 박사가 스테판 박사와 너무 친밀하게 지내는 것이 나로서는 껄끄러운 일이었다. 나는 가능한 한 μ-아바타에 대한 내용을 숨기고 싶었다. 협약 기간이 빨리 끝났으면 하는 생각도 들었다. 어쨌든 헬무트 박사도 스테판 박사의 도움을 받을 수 있으니 장 박사가 돌아오기 전에도 관련 시험을 할 수 있었다.

홈볼트 대학병원과 협약을 체결하고 스테판 박사가 미의연으로 파견을 온 후 헬무트 박사의 연구가 진전이 빨라졌다. 스테판 박사는 인조피부와 그 피부를 이용한 실험에 관심이 있었기에 헬무트 박사의 실험을 적극적으로 도왔다. 나도 실험장비 구성에 직접 관여하였다. 우리는 이택선 박사의 도움으로 선의섬유에서 인조피부 재료를 공급받았다. 이 박사는 인조피부에 대한 특허를 가지고 있었으며 내가 추천하여 선의섬유에 기술 이전하였었다. 선의섬유는 이 박사와도 인연이 있었다. 미의연과 공동으로 고무를 이용해 인체 혈관을 모사하는 장비를 만든 섬유업체였는데 이 박사의 자문을 받았었다. 인조피부는 인체와 매우 유사한 구조와 조직을 가지고 있어 의료산업에서 매우 중요한 역할을 할 것으로 기대되고 있었다. 이 박사의 인조피부는 외부의 온도, 습도, 조도, 미세먼지 등의 영향을 다양하게 평가되어 검증되었고 모공을 통해 땀과 노폐물을 배출되는 것이 확인되었다. 이 모공의 크기와 구조를 제어하고 사람의 피부로 이식되었을 때 털이 자라도록 하는 것이 이 박사 특허의 핵심이었다.

나는 이 인조피부가 채택된 시험 장비를 이용하여 μ-아바타가 광합성을 하고 그 결과로 생성된 포도당과 산소를 인체 내로 흡수하도록 하며 μ-아바타가 피부의 모공을 통해 이동하는 것을 궁극적인 목표로 삼았다. 당장은 헬무트 박사를 통해 배양된 백혈구가 인조피부를 공격하는 조건이 무엇인지, 피부에 생존하는 아메바를 공격하거나 하지 않는 상황이 어떤 것인지를 확인하고자 하였다. 이 실험을 통해 '자가면역질환의 원인'과 '아메바를 비롯한 바이러스나 박테리아에 대한 면역특성'을 파악하는 것은 훔볼트 대학병원과 미의연의 공통 관심사였다. 꾸준한 실험을 통하여 발견된 사실은 백혈구가 아메바나 인조피부를 공격하는 것은 표면의 전기화학적 특성과 상당한 연관이 있음을 알게 되었다. 스테판 박사도 짧은 기간에 만족할 만한 결과를 얻었다고 기뻐하였다.

스테판 박사가 베를린으로 돌아가고 장 박사가 돌아오면서 자가면역질환의 규명과 아메바의 백혈구에 대한 방어 능력의 검증을 위한 실험을 본격적으로 수행하였다. 아메바가 어떤 조건에서 피부조직을 뚫고 인체 내부로 들어가지는지 하는 것과 아메바가 생성된 포도당을 자신의 에너지로 소비를 하는지 등, 스테판 박사가 있을 때 하지 못했던 실험도 병행하였다.

피부 표피의 전기화학적 특성은 말 그대로 전기적, 화학적으로 변화를 줄 수 있었다. 이를 통해 백혈구가 인체의 장기조직을 공격하는 것은 백혈구가 그 조직세포를 세균 등의 이물질로 인식하는 것이고 이것은 인체 장기의 이상 분비물이나 외부 화학물질에 의하여 표피조직의 전기화학적 특성의 변화에 기인한다는 결론을 이끌어 내었다. 나는 장 박사와 헬무트 박사로 하여금 이런 결론에 의거 인체조직에 기생하는 아메바를 배양하여 그 전기화학적 반응 특성을 알아보도록 하였다. 또한 어떤 표피조직에서 어떤 아메바가 어떤 조건에서 살아 있는지도 연구할 것을 주문하였다.

'유전자 조작된 아메바가 분비물로 백혈구를 속일 수 있다면 향후 μ-아바타가 혈관 내부에서 백혈구의 공격을 받지 않고 활동할 수 있을 것이다.'

08.　　　　　　　　우렁이 각시

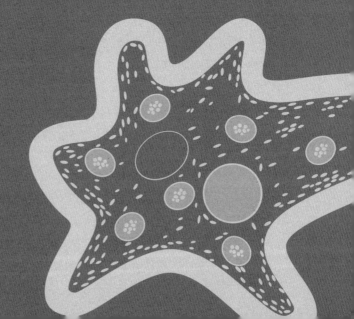

모든 것이 좀 정리되는 듯하였다. 개성대학교의 홍 교수 일도 장 박사나 헬무트 박사의 일도 중요한 고비를 넘긴 것 같았다. 이제는 홍 교수의 유전자 조작된 아메바와 우리 쪽의 아메바를 합치는 일 밖에 남지 않았다. 이 두 프로젝트가 성공적으로 마무리되면 광합성 하는 아메바가 피부를 통해 인체 내로 들락날락할 수 있고 혈관 안에서 백혈구 공격도 받지 않을 것이었다. 이런 성공을 바탕으로 아메바의 다양한 기능을 더하는 연구는 추가적으로 하리라 마음을 먹었다. 그렇지만 아주 중요한 문제가 남아 있었다. 이 아메바를 어떻게 μ-아바타로 만들 수 있을까 하는 것이었다. 이 단계의 연구는 제한적이지만 그 목표를 공개해야만 하였다. 임기가 얼마 남지 않은 천 원장과도 상의하였다. 천 원장이 계속 원장으로 남아 있으면 좋으련만 1년 안에 새로운 원장이 취임할 가능성이 높았다. 하지만 세상이 무너진다 해도 μ-아바타의 꿈을 버릴 수는 없었다. 천 원장은 나의 고민을 충분히 이해한다고 하였다. 그리고 μ-아바타의 후원자를 소개해 주겠다고 하였다. 후원자? 좀 뜬금이 없었다.

"내가 보건복지위원회 소속 국회의원과 자리를 한번 마련해 보겠소. 그 국회의원은 지역에서 명망이 있어 내가 원장 자리에서 물러나거나 정권이 바뀐다고 해도 김 박사를 지원해 줄 수 있을 거예요."

연구 개발에 정치가 개입해야 하나? 하는 생각에 내키지는 않았지만 나는 천 원장의 의견에 따르겠다고 하고 퇴근 후 곧장 집으로 돌아왔다. 그동안 집에서 작업해 온 μ-아바타에 대한 생각과 자료를 다시 정리하였다. 주말에는 μ-아바타라는 말을 숨기고 어떤 과제로 이 꿈을 실현할지 고민하였다.

'정자를 이용하여 개발된 아메바를 내 마음대로 조정할 수 있을까?'

불현듯 출산율 문제도 있으니 아메바를 이용하여 난자에 착상하는 연구를 한다고 하면 어떨까 하는 생각이 스쳤다. 그동안 나는 정자가 난자에 도달하여 착상하는 과정에 대해 좀 공부해 왔다. 여기서도 전기화학적 환경이 중요할 것이라는 생각을 해 보았다.

'그래, [아메바 제어기술을 이용한 난임/불임 문제 해결]이라는 이름으로 과제를 시작해 보자. 이 과제에서 숨은 연구는 정자를 아메바에 안착시켜 아메바를 제어하고 이 정자와 정자를 제공한 사람과 교신하도록 하는 것이다. 이 기술이 개발되면 꿈의 μ-아바타에 근접할 수 있을 것이다.'

꿈같은 일이 실제로 일어날 것 같아 나는 일요일 밤 내내 나 자신이 μ-아바타가 되어 혈관 속을 돌아다니는 꿈을 꾸었다.

'광합성 하는 아메바에 정자를 심으면 정자에 에너지를 공급하고 그 정자가 아메바를 움직이고….'

월요일 아침 출근하자마자 천 원장한테서 연락이 왔다. 잠시 보자고 하였다. 안 그래도 나는 μ-아바타 개발과 관련하여 주말에 생각했던 것을 천 원장과 상의할 예정이었다. 그는 지난 주말에 소개해 주겠다는 보건복지위원회 국회의원을 만났다고 하였다.

"그 의원의 이름은 유지원으로 서울 관악구의 현 여당 국회의원이지요. 평소 친분이 있었고 마침 어떤 국회의원의 출판 기념 행사에서 보게 되었지요."

사실은 유 의원의 부친과 천 원장이 사제지간으로 잘 알던 사이였다고 하면서 덧붙여 이야기하였다.

"유 의원은 약대를 나와 제약회사에 취직했는데 이 친구가 좀 정의감이 있어 제약회사와 병원 사이의 부조리를 내부고발하고 그 여파로 회사에서 잘렸다네요. 흐흐흐.

그 후로 약국을 운영하면서 시민운동을 했고 지금 대통령이 야당 당수 시절에 발탁되어 국회의원이 되었다고 하였다.

"지금 재선이고 지역구 기반이 탄탄하여 롱런할 가능성이 높다고 다들 이야기해요."

천 원장은 유 의원이 마치 자신의 아들인 양 자랑스러워하였다.

"학교 다닐 때 공부도 잘했다고 하니 김 박사가 알고 지내면 좋을 것 같아 자리를 마련하고 하니 같이 한번 봅시다."

"원장님의 소개인데 당연히 만나야지요. 약대를 졸업했다고 하니 저희가 하는 일에도 관심이 많을 것 같네요. 이번 주 시간을 모두 비워 놓겠습니다."

천 원장은 곧바로 유 의원에게 전화하여 약속을 잡았다. 나는 바로 지난 주말 생각했던 것을 천 원장에게 이야기하면서 동의를 구하였다. 천 원장은 물론 흔쾌히 동의하였다.

서울 인사동 골목의 비교적 고즈넉한 한식집에서 세 사람이 모였다. 천 원장은 유 의원을 나에게 정식으로 소개하였다. 유 의원은 나보다 젊어 보였다. 국회의원 신상은 인터넷에서 공개되어 있었기에 유 의원이 나보다는 5년 정도 어리다는 것을 알고 있었다. 유 의원은 그보다 더 젊고 에너지가 넘쳐 보였다. 내가 농담 삼아 그 비법을 물어보았다.

　"제가 제약회사 다니면서 몸에 좋은 약은 죄다 먹어 봤거든요. 그것도 공짜로요. 하하하."

　"아. 그런 비리가 있는 줄 몰랐습니다. 하하하."

　천 원장이 미리 설명을 해서 좀 아는 듯이 유 의원은 µ-아바타 이야기를 꺼냈다.

　"천 원장님으로부터 마이크로 아바타 이야기를 듣고 처음에는 공상과학 소설 같다는 느낌을 받았습니다. 하지만 김 박사님이 그동안 해 왔던 연구에 대해서 설명을 들어 보니 소설 같은 이야기만은 아니라고 생각했습니다. 한번 뵙고 싶었습니다."

　"이를 어쩌죠. 정말 소설 같은 이야기인데. 하하하. 사실 처음에는 저도 소설 같은 아이디어라 생각했습니다. 그렇지만 곰곰이 생각해 보니 전혀 비현실적인 것이 아니라는 생각이 들었습니다. 아바타라는 말 자체가 공상과학 소설 같은 느낌을 주지만 마땅히 달리 붙일 이름도 없더라고요."

　"혹시 필요하다면 제 정자를 제공하겠습니다. 하하하. 이건 정말 농담이 아닙니다."

정자라는 말은 꺼내지도 않았는데 유 의원 입에서 나온 것을 보아 천 원장과 유 의원은 매우 가깝고 천 원장 또한 μ-아바타 프로젝트에 매우 관심이 많음을 알 수 있었다. 곧 주안상이 차려졌고 유 의원과는 기술적으로 더 자세한 이야기를 나눌 필요는 없어 세상사에 대해 이야기를 나누었다. 헤어지면서 유 의원은 자기가 관심을 갖고 물심양면으로 지원해 줄 것이라고 힘주어 말하였다. 나는 기회가 되면 미의연을 방문해 달라고 요청하고 그날의 모임을 마쳤다.

유 의원이 국회에서 보건복지위원으로 있으면 정권이 바뀐다 해도 나에게는 안전장치가 될 것 같았다. 사실 최근의 여론을 보면 정권이 교체될 가능성이 높아 보였다. 천 원장이 연임할 가능성이 그만큼 줄어든다는 의미였다. 천 원장도 그러한 사실을 잘 알기에 μ-아바타 프로젝트를 일단 시작해 보자고 하였다. 새로운 과제를 성사시키는 것은 어렵지만 과제가 일단 출발하면 최소 3년은 지속될 수 있다는 것을 나는 잘 알고 있었기에 천 원장의 의견대로 과제를 가능한 한 빠른 시일 내에 착수하리라 마음을 먹었다.

*

유 의원을 통해 경성대 병원 난임 클리닉의 임신경 교수를 소개받았다. 임 교수는 유 의원과 비슷한 40대 초반이지만 난임과 불임클리닉 분야에서 새로운 치료법을 개발하여 성공하면서 명성을 쌓고 있었다. 임 교수에게 전화했지만 받지 않았다. 낮에 업무 중에는 전화를 받지 않는다는 유 의원 말이 생각이 났다. 용건을 문자로 간단히 남겼다.

[유지원 의원의 소개로 연락드립니다. 저희가 하는 일이 임 교수님과 연관이 있는 것 같아 도움을 요청드리고자 합니다. 미의연 김행헌 드림.]

구내식당에서 장 박사, 헬무트 박사와 식사하면서 이런 저런 이야기를 나누고 있는데 임 교수한테서 전화가 왔다. 업무상 전화를 받지 못해서 미안하다고 하였다. 유 의원으로부터 내가 하는 일에 대해 개략적으로 들었다고 했으며 미약하지만 도움이 될지 모르겠다고 하였다. 유 의원에게는 μ-아바타에 대해서는 비밀을 유지해 달라고 부탁했기에 임 교수에게도 μ-아바타라는 말은 생략한 채 용건을 이야기하였다.

"임 교수님. 바쁜데 전화 주셔서 감사합니다. 저희가 [아메바 제어기술을 이용한 난임/불임 문제 해결]이라는 이름으로 과제를 하려고 하는데 임 교수님의 도움이 필요합니다. 도와주실 거죠?"

"유 의원으로부터 이야기는 좀 들었습니다. 김 박사님은 이미 의공학계에서 유명 인사이시더라고요. 제가 도움이 될 수 있다면 당연히 도와드려야지요. 그런데 과제 이름을 들으니 저희가 오히려 도움을 받아야 할 것 같네요. 호호."

"임 교수님. 저희 연구와 관련이 있는 생식 호르몬의 불균형에 의한 불임과 난임에 대해 저희 연구소에서 세미나를 해 주었으면 좋겠습니다."

임 교수는 가능한 한 빠른 시일 내에 시간을 내어 보겠다고 하였다. 정자가 난자가 만나는 과정에서 어떤 문제가 있는지 임 교수의 세미나가 기대되었다.

나는 가능하다면 호르몬의 전반에 대해서도 알고 싶었지만 사전에 직접 알아보기로 했다. 내분비계에서 분비되는 호르몬도 인체에 최소 50종류가 있고 인체의 대사, 성장, 항상성, 성 기능과 임신, 수면, 기분 등을 제어한다고 한다. 나는 내분비계를 잘 관리하도록 μ-아바타를 활용한다면 인체의 건강뿐만 아니라 삶의 질도 높일 수 있지 않을까 하는 생각을 해 보았다.

의공학실증연구소에도 불임이나 난임과 관련한 부서가 있었다. 그래서 그런지 임 교수 세미나에 그쪽 부서 사람들이 많이 보였다. 오명준 박사도 그중의 한 명이었다. 오 박사는 야심이 많아 보였고 채용 시에도 잡음이 있어 내가 좀 멀리하고 있었다. 하지만 그는 최근 나에게 의도적으로 접근해 왔었다. 내키지는 않았지만 공식, 비공식적으로 그와 자주 접촉하였다. 오 박사를 통해 들은 이야기로 보문대 병원의 권모수 교수가 천 원장의 후임이 되려는 준비를 하고 있었다. 권 교수는 박상동 초대 원장 후임으로 왔으나 개인적인 비리가 알려져 조기에 사임했었다. 오 박사는 이번에 정권이 바뀌면 천 원장 후임으로 복귀할 가능성이 높다고 하였다. 김 박사로서는 썩 유쾌한 소식이 아니었다.

"불임은 분명한 사유가 있어 접근하기 쉽지만, 난임의 경우 그 이유를 잘 모르기 때문에 산부인과에서도 매우 어려워하는 사안이지요."

"난임도 호르몬 치료로 개선되지 않나요?"

"그렇습니다. DHEA 호르몬이 수정란의 착상을 돕는다는 사실은 이미 오래전에 알려졌지요. 이 부분은 김 박사님이 관심을 가지는 것과는 약간 다릅니다. 정자가 난자를 만나려면 자료에서 보여드렸듯이 매우 복잡한 과정을 거칩니다."

임 교수 말이 이어졌다.

"정자가 난자를 만나 수정이 되기 위해서는 정자 머리의 형태가 바뀌어야 합니다. 이를 첨체 반응(acrosome reaction)이라고 합니다. 첨체는 첨단체라고도 불리는 정자 머리를 감싸는 모자 형태의 세포 소기관인데 정자가 난자의 표면을 구성하는 투명대(zona pellucida)에 붙은 후 난자 안으로 들어가기 위한 필수 반응이 첨체 반응입니다."

임 교수의 세미나로부터 많은 유익한 정보를 얻을 수 있었다. 물론 이런 정보는 인공지능을 통해 어렵지 않게 찾을 수도 있지만 전문가로부터 직접 들을 수 있어 이해가 잘 되었다. 임 교수가 향후 μ-아바타를 연구에 많은 도움이 될 것이라는 생각이 들었다. 임 교수와 저녁 식사를 같이 하려 했지만 일정상 다음으로 미루고 내 연구실에서 간단한 티타임을 가졌다. 나는 우리 팀에서 하는 일을 간단히 설명하고 서로 공통된 부분에 대해 의견을 교환하였다. 그러는 사이 임 교수가 낯이 좀 익다는 생각이 들었다. 아주 오래전 오슬로의 한 공원 먼발치에 보았던 동양계의 한 여인이 머리에서 떠올랐다. 그 여인이 임 교수와 아주 닮았다는 생각을 했고 그 여인이 바로 임신경 교수가 아닐까 하는 생각이 들었다. 오래전 일이었지만 뚜렷하게 기억하고 있었다. 그래서 나는 임 교수에게 지나가는 말로 물어보았다.

"임 교수님. 혹시 노르웨이 오슬로에서 사신 적이 없나요?"

임 교수가 약간 놀라는 표정으로 나에게 되물었다.

"김 박사님. 제가 오슬로에서 살았던 것을 어떻게 아셨나요? 제 친척이나 친한 친구들만 아는 사실인데요."

임 교수는 부친이 한 조선회사에 근무할 때 오슬로에 파견되어 몇 년 거주했다고 하였다. 오슬로 대학에서 의예과를 2년 마치고 한국에 들어와 다시 공부하여 경성대 의대에 입학하였다고 하였다. 가만히 생각해 보니 임 교수도 그때의 일이 기억이 난다고 하였다.

"외국인 2명과 같이 그 공원에서 거닐면서 저를 쳐다보았던 한국 유학생이 김 박사님이었군요."

유학생 시절 요르크와 피터와 같이 노르웨이를 여행하면서 피오르드를 보았고 그 피오르드에서 μ-아바타에 대한 영감을 떠올렸고 오슬로 한 공원에서 보았던 여인이 지금 μ-아바타 연구에 도움이 될 수도 있을 임 교수라는 생각에 나는 저절로 탄성이 나왔다.

"세상 참 좁고 묘하군요."

"정말 그래요."

*

2028년 새해가 밝았다. 지난해 나는 천 원장의 의견도 있었고 향후 전개될 연구소 내외적인 변화가 예상되기에 μ-아바타로 가는 가장 어려운 단계를 위한 과제를 조속히 기안했었다. 다행히 정부과제에 남은 예산에 여유가 있어 특별한 어려움이 없이 과제가 만들어졌다. 임 교수는 처음에는 바쁜 일정으로 과제 참여에 대해 부정적이었지만 μ-아바타에 대한 내용을 알게 된 후 적극적으로 참여하기로 하였다. 임 교수 연구실의 연구원 한 명이 미의연에 파견연구원으로 합류하였고 임 교수는 이 연구원을 통하여 나와 소통하기로 하였다. 과제가 만들어지는 데 천 원장과 유 의원의 도움도 많았다. 내가 제안하여 천 원장, 유 의원과 모임을 가졌다. 지난번과 같이 인사동의 조용한 한식집에서 만났다. 나에게는 믿을만한 우군들이었다. 하지만 작금의 정치 상황으로 미루어 천 원장의 연임이 불투명해졌다. 그 어느 때보다 유 의원의 뒷배가 든든하게 느껴졌다.

"드디어 마이크로 아바타가 실현될 날이 머지않았군요. 김 박사님. 기대해 보겠습니다."

유 의원이 기대에 찬 눈으로 나를 바라보았다.

"마이크로 아바타가 실현되면 교통사고 등, 외상이 아니면 사람들은 병들 이유가 없어져 노래 가사처럼 한 오백 년은 살 수 있을 겁니다."

천 원장이 말을 보태었다.

"마이크로 아바타가 저의 기대처럼 개발되고 천적이 없다면 그렇게 되겠지요. 하하하."

"천적이라니요? 마이크로 아바타에 무슨 천적이 있을 수 있단 말입니까?"

유 의원이 놀란 눈으로 나를 바라보았다.

"당장에는 천적이 없겠지요. 마이크로 아바타가 본질적으로 아메바이니까 이 아메바를 공격하는 존재가 생기지 않을까요? 극단적인 예이기는 하지만 마이크로 아바타로 인해 사람들이 병에 걸리지 않는다면 제약사들이 문을 닫을 수도 있으니 어떤 방법을 써서라도 천적을 만들어 내겠지요."

"아. 김 박사님은 벌써 몇 수 앞을 내다보고 계시군요."

천 원장의 도움으로 새로운 과제를 위하여 3명의 연구원이 채용되어 우리 팀에 합류하였다. 이번 봄 정규직 채용 프로그램을 통해 입사한 연구원들 중의 일부였다. 두 명의 남성과 한 명의 여성 연구원이었다. 여성 연구원은 임신경 교수 제자로 μ-아바타 과제를 위해 준비를 많이 한 흔적이 보였다. 이름은 이지연이라 하였다. 그런데 채용된 권길순이라는 연구원은 면접 시 우리 팀의 내부 사정을 잘 아는 듯 답변이 아주 구체적이었다. 누군가 우리 팀의 연구정보를 상세히 알려주었다는 느낌을 지울 수 없었지만 나로서는 달리 추궁할 방법이 없었다. 경성대 병원의 임 교수는 자신의 팀 연구원 파견과 제자의 미의연에 입사로 우리 μ-아바타 연구에 상당한 기여를 하게 되었다.

임 교수가 제자나 파견연구원을 통해 참여할 연구 과제의 핵심은 정자가 아메바를 난자로 오인하여 아메바를 뚫고 아메바

내부에서 자리를 잡는 일이었다. 광합성 하는 박테리아가 아메바에 자리 잡아 공생하는 경우와 유사할 것으로 생각되었다. 우리 팀은 임 교수의 도움을 받아 현재 불임과 난임을 치유하기 위한 호르몬 요법에 사용되는 인공 호르몬의 영향을 다양하게 평가하였다. 이를 통해 정자가 난자를 만나 수정하는 과정은 다단계 과정으로 인체의 호르몬 영향이 지대하다는 것을 알게 되었다.

'정자와 난자와의 만남이 다단계인 만큼 정자와 아메바의 만남도 다단계로 할 수밖에 없겠지….'

09.   오월동주

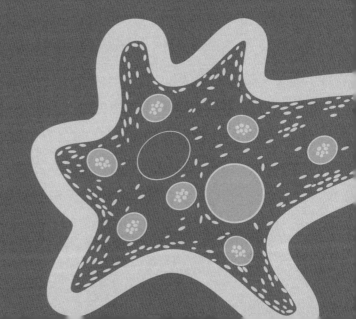

벚꽃이 피고 졌다. 이제 곧 거리에 영산홍이 붉거나 하얀 꽃잎을 드러낼 차례가 되었다. 지난 4월은 뜨거웠다. 날씨 때문이 아니었다. 대통령 선거가 있었기 때문이었다. 정권이 바뀌었다. 천 원장 입장에서는 안타까운 일이었지만 어쩔 수 없었다. 천 원장에게 여러 제안이 있었다지만 그는 선산이 있는 고향에서 당분간 몸과 마음을 추슬러보겠다고 하였다. 천 원장의 임기는 지난 3월 말에 끝났지만 후임 인선이 대선 이후로 미루어져 세 달정도 더 재직할 수 있었다. 후임으로는 보문대 병원의 권모수 교수가 확실한 것 같았다. 2대 원장으로 취임했으나 뜻하지 않은 구설수에 올라 낙마했지만 소송을 통해서 명예 회복을 했다고하였다. 무엇보다도 의공학실증연구소의 오명준 박사가 인맥을 동원하여 권 교수의 취임 운동을 하고 있었다.

　우여곡절 끝에 6월에 권 교수가 미의연 4대 원장으로 취임하였다. 권 원장 주제로 연구소 소장들과 모임을 가졌다. 나는 의공학기초연구소장 자격으로 참석하였다. 권 원장과는 구면이었다. 첫 번째 만남은 나의 미의연 채용면접 세미나에서 권 원장이 외부 심사위원으로 참가했을 때였고 두 번째는 2대 원장으로 미의연에 잠시 재임할 때였다. 두 달 남짓한 재임 기간 동안 오명준 박사가 권 원장의 도움으로 미의연에 들어왔다. 이번에 권 원장이 재취임한 후 오 박사는 의공학실증연구소 소장으로 발탁되었다. 오 박사가 권 원장 제자이니 그러려니 하였다.

　"김 박사님. 반갑습니다. 김 박사님의 명성은 잘 알고 있습니다. 김 박사님의 연구업적은 미의연의 자랑입니다. 같이 일하게 되어 정말 기쁩니다."

　"원장님. 저를 너무 과대평가하시니 몸 둘 바를 모르겠습니다. 원장님이야말로 미의연을 잘 이끌어 주시리라 믿고 있습니다."

　"듣자 하니 김 박사님은 아바타 같은 것을 개발한다고 하지요."

　순간 뜨끔하였다. 어떻게 알게 되었을까? 어쨌든 권 교수가 미의연 원장이 되었으니 싫든 좋든 μ-아바타에 대해서 언젠가는 이야기해야 할 수밖에 없었다.

　"아바타는 아시다시피 공상과학 영화 제목이지요. 저는 공상과학을 연구하고 있지는 않습니다. 다만 사석에서 마이크로 아바타 같은 것이 있으면 좋겠다는 이야기를 한 적이 있습니다. 옛날의 공상과학이 지금에는 일상화된 것도 많지 않습니까?"

"제가 김 박사님의 능력을 잘 아니까, 아니, 잘 알게 되었으니 설사 그것이 공상과학이라 하더라도 김 박사님을 열심히 도와드리겠습니다. 원장이라는 자리가 그런 일하라고 있는 자리가 아닌가요. 하하하."

권 원장의 내심이 어떻든 당분간 한배를 탄 셈이다. 최근 μ-아바타의 실현 가능성도 점점 높아지고 있었다. 권 원장도 그 가능성을 어렴풋이 아는 듯하였다.

개성대학교 홍 교수로부터 연락이 왔다. 매우 밝은 목소리였다. 좋은 결과가 나왔으리라 짐작이 갔다.

"김 박사님. 드디어 초음파를 두 군데서 발생하는 아메바 합성에 성공했습니다. 아직 확실하지는 않지만 아메바의 종류에 상관없이 유전자 조작으로 초음파 아메바를 만들 수 있을 것 같습니다."

"아주 좋은 소식입니다. 홍 교수님이 해내실 수 있을 것으로 믿고 있었습니다. 광합성 하는 아메바에 적용하는 것도 그리 어렵지 않겠네요."

"네. 그렇게 생각됩니다. 약간의 어려움이 예상되지만 극복될 것입니다. 언제 개성으로 한번 오시지요. 여기 개성에 아주 좋은 술을 빚어내는 주막이 있으니 제가 크게 한턱 쏘겠습니다."

장 박사나 헬무트 박사의 연구로 백혈구는 아메바에 대해 매우 공격적이지만 아메바는 자체 방어 시스템을 갖추고 있음을 알게 되었다. 백혈구는 핏속에서 아메바를 공격하지만 아메바가 신체의 세포 속으로 숨어 버리면 백혈구도 무용지물이었다. 또한 아메바가 특정 분비물을 내면 백혈구가 아메바를 공격하지 않는다는 것도 확인되었다. 이 아메바는 분비물을 내는 박테리아를 체내에서 사육하여 그 분비물을 이용하고 있었다. 홍 교수와 우리 팀의 연구가 합쳐지면 인체 내에서 백혈구의 공격을 받지 않고 초음파로 소통하고 필요에 따라 모공을 통해 피부로 나와 광합성하고 다시 체내로 들어가는 아메바를 탄생시킬 수 있을 것 같았다. 이런 아메바를 μ-아바타로 만들기 위해서는 정자와의 합체가 매우 중요해졌다. 고지가 바로 눈앞으로 다가온 느낌이었다.

정자가 아메바를 난자로 착각하여 아메바를 뚫고 들어가 자리를 잡은 후 그 아메바를 조정하는 목적을 달성하기 위해서 두 가지 측면에서 연구가 진행 되었다.

첫째, 정자-난자 수정 메커니즘을 이용하여 아메바로 하여금 난자처럼 보이게 해야 한다.

둘째, 정자가 충분한 수명과 활동성을 가질 수 있도록 에너지를 제공해야 한다.

경성대 임 교수의 도움으로 정자가 난자에 수정할 때의 호르몬 역할을 이해하였고 다양한 호르몬을 이용하여 아메바 주위 환경을 변화시킨 후 정자의 거동을 살폈다. 아메바가 정자군 속에서 난자 표피와 유사한 낭종을 형성하도록 유도하였고 이 표피에서 정자가 부착하여 아메바 내부에 안착할 수 있도록 하였다. 낭종이 아닌 상태에서는 아메바의 활동성이 강해 정자를 먹이로 삼기 때문이었다. 시행착오를 거듭한 끝에 정자가 아메바에 잘 안착하였고 이제 정자가 아메바를 조정할 수 있도록 하는 것이 마지막 퍼즐이었다.

'어떻게 이 마지막 퍼즐을 맞출 수 있을까?'

나는 뇌파가 의수나 의족을 움직이게 하는 기술은 이미 상용화된 것이기에 뇌파를 이용하면 어렵지 않게 정자를 제어할 수 있으리라 생각하였다. 이를 위해서는 정자에 뇌파를 받아들이는 기능이 필요하였다. 정자를 사전 처리할 필요가 있었다. 뇌파를 이용한 기계장비 제어 전문가는 가까운 곳에 있었다.

DAIST[*] 메카트로닉스 팀의 전시우 교수였다. 전 교수는 기계공학이 전공이었지만 전기전자 공학에도 조예가 매우 깊다고 알려진 인물이었다. 전화를 한 후 나는 연구실로 전 교수를 직접 찾아갔다.

"전 교수님. 이렇게 시간을 내주서서 대단히 감사합니다."

"아닙니다. 김 박사님은 매우 독특한 연구를 하고 계신 것으로 알고 있습니다. 만나 뵙게 되어 영광입니다."

전 교수에게 단도직입적으로 질문을 던졌다.

"정자를 뇌파를 이용해 제어가 가능할까요?"

"사실 김 박사님의 전화를 받고 자료를 찾아보니 일본 오사카 대학의 한 연구팀이 쥐 정자가 전기를 감지한다고 하는 논문을 발표했네요. 만일 인간의 정자도 그것이 가능하다면 김 박사의 바람이 충분히 성사될 수 있을 것입니다."

나도 그 자료를 읽어 보았었다. 전 교수라면 충분히 내가 생각하는 바를 이룰 수 있을 것이라 생각하였다. 전 교수와 같이 실증 설비를 만들어 보자고 했고 전 교수는 매우 흥미 있는 일이라며 흔쾌히 받아들였다. 뇌파를 통해 정자의 움직임을 제어할 수 있다면 불임치료에도 충분히 이용 가능할 것으로 생각되었다. 임신경 교수에게 전 교수와의 면담 내용을 전화로 전달하였다.

"매우 반가운 소식이네요. 저도 관심이 많이 가네요. 김 박사

---

[*]   Daejeon Advanced Institute of Science and Technology 약자

님 연구에 보탬이 될 수 있도록 해 볼게요. 저희 쪽에서는 불임이나 난임 치료에 적용하면서 그 결과를 공유해 드리겠습니다.”

대한민국이 통일이 된 지 어언 5년. 통일한국의 초대 김우현 대통령은 어려운 시기에 통일한국을 선진국 반열에 올려놓았다고 평가받아 왔다. 진보적인 인사인 김 대통령은 발전이 낙후된 북한에 상대적으로 많은 투자를 하였다. 김 대통령을 포함한 집권당은 북한은 남한에 비해 지하자원이 월등히 많고 이 지하자원을 잘 이용하면 자자손손 번영할 수 있다는 생각을 가졌다. 하지만 북한에 대한 지원과 투자 과정에서 발생한 비리와 불법이 남한 유권자들로 하여금 등을 돌리게 만들었다. 이런 상황에서 집권당이 바뀌고 공희근 야당 대표가 대통령으로 당선이 되었다. 북한에 대한 투자가 줄어들 가능성이 높아질 것이 뻔하였다. 개성대학교의 홍 교수도 이점을 우려하였다. 개성대학은 통일 후 신설된 종합대학으로 발전을 위해서는 더 많은 지원이 필요하였다.

개성의 옛 정취가 물씬 풍기는 한 주막에서 북한 술과 안주, 냉면을 한 상 차려 놓고 홍 교수의 연구 결과에 고무되어 한껏 흥이 올랐지만 이야기가 정치로 옮기면서 흥이 사그라드는 듯하였다.

“정치에는 항상 부침이 있으니 그렇게 일희일비하지 않아도

되지 않을까요?"

"그건 그렇습니다만, 좀 답답해서 드린 말씀이었습니다."

"참, 경성대 병원의 임 교수가 홍 교수님을 한번 초청하고 싶다고 하는데요. 아시다시피 임 교수는 현재 정자에 전기 자극을 주어 난자와의 수정을 유도하는 연구를 수행하고 있는데 전기 자극에 대한 정자의 반응을 좀 더 정확하게 측정하고 분석하고 싶다고 합니다. 홍 교수님의 자문이 필요하다고 합니다."

"임 교수에게서 연락이 오면 경성대 병원을 한 번 방문하지요. 저도 마지막까지 김 박사님의 마이크로 아바타와 함께 하겠습니다."

나는 홍 교수, 임 교수가 같이 만나서 협업을 하면 μ-아바타 개발에 마침표를 찍을 수 있을 것 같은 생각이 들었다.

*

마침내 꿈에 그리던 μ-아바타의 최초 모델이 완성되었다. 최초 모델의 μ-아바타에는 광합성 기능을 일단 제외하였다. 나는 이 μ-아바타를 μA1b이라 명명하였다. 'b'는 아직 인체실험을 거치지 않는 것으로 동물실험과 인체실험을 거쳐 검증이 되면 'b'는 없어지거나 다른 문자로 대체될 것이었다. μ-아바타에 광합성 기능이나 다른 기능이 추가되면 1보다 큰 숫자가 기록되도록 하였다. μA1b는 우리 팀의 실험실에서 그 기능이 충분히 구현되고 검증되었다. 나는 동물실험을 위해 수의공학연구소의 반여울 박사에게 연락하였다. 같은 미의연 소속이라 반 박사가 연락을 받고 곧장 달려왔다. 나는 인조혈관으로 만든 혈류 시뮬레이터에 배양된 백혈구와 인공혈액을 넣고 μA1b를 주사기에 넣어 투입하였다. 이 혈류 시뮬레이터에 사용되는 μ-아바타에 정자를 제공한 남 연구원이 μ-아바타실에서 뇌파를 보내 μ-아바타와 교신하고 실시간으로 μ-아바타를 움직이게 하였다. 시뮬레이터 혈관 안의 백혈구와 적혈구의 움직임을 μ-아바타가 보내오는 초음파 신호로 3차원 영상 시스템에서 재현되어 실시간으로 볼 수 있었다. 혈관을 의도적으로 좁히면 혈압이 올라갔고 μ-아바타는 혈관을 돌아다니면서 좁아진 부위를 찾아내었다. 혈관이 좁아진 곳에는 혈류의 변화가 있어 μ-아바타는 그곳을 집중적으로 관찰하였다. 또한 의도적으로 특정 박테리아를 넣어 그 형상과 위치 등도 파악하였다. 임 박사는 매우 놀란 듯이 감탄사를 연발하였다.

"김 박사님. 대단하십니다. 엄청난 업적을 세우셨네요. 빨리 동물실험을 해 보고 싶어요."

"저도 그러길 바라는데 동물실험에 반대하는 분위기 때문에 반 박사님의 도움이 많이 필요합니다."

"사실 저희도 동물실험윤리제도에 따라 실험을 하고 있지만 시민단체에서는 동물실험 자체를 반대하는 경우가 많아 어려움이 많습니다.”

반 박사는 동물실험을 빨리하고 싶다고 말은 하였지만 실제로는 좀 꺼리는 것 같았다. 문득 유지원 의원이 생각이 났다. 여러 측면에서 든든한 우군인 유 의원에게 동물실험과 관련하여 논의하고자 전화를 하였다.

“의원님은 시민단체들과 소통을 많이 하고 있어 혹시 관련 시민단체와 접촉할 수 있을까요?”

.

동물보호단체와 어렵지 않게 연락이 닿아 유 의원과 함께 미의연을 방문하는 일정을 잡았다. 이런 대외적인 행사를 권 원장이 좋아했으므로 곧장 권 원장에게 보고하였다. 그렇지 않아도 권 원장은 국회의원이나 시장 등 정치가들과 친분을 쌓고 싶어 하였다. 초청행사 날짜를 가을 학회가 마감되어 좀 한가한 11월 중순을 택하였다.

유 의원은 비서관 한 명, 동물보호협회 회장과 총무와 같이 미의연으로 왔다. 원장실에서 간단히 차를 마시고 권 원장과 함께 기초의공학연구소로 찾아왔다. 여기서 나는 μ-아바타의 개발 과정을 브리핑하고 동물실험의 양해를 구하고자 하였다. 그리고 이 자리에 수의공학연구소의 반 박사도 와서 동물실험에 대한 우려를 불식시키는 계기가 되었으면 하는 바람도 있었다.

"우리 단체는 무조건 동물실험을 반대하는 것이 아닙니다. 동물실험으로 실험대상 동물이 죽을 것이 명백한 소모적이고 비윤리적인 실험을 반대하는 것입니다."

동물보호협회 회장이라는 사람은 좀 험한 일을 하고 있다는 인상을 풍겼다. 권 원장은 유 의원을 보면서 미의연은 철저히 동물윤리규정을 준수한다고 힘주어 말하였다. 나는 얼마 전 반 박사에게 보여 준 μ-아바타 시연을 재현하였고 이를 본 그 협회장은 말하였다.

"처음에 유 의원의 이야기만 듣고 반신반의했는데 정말 이런 기술이 개발되었군요. 어쩌면 우리 동물들에게도 좋을지 모르겠군요. 그리고 말씀을 듣고 보니 동물을 마루타 삼아 실험하는 것이 아니고 살리기 위해서 하는 실험인 것 같습니다. 유 의원과 상의하여 우리 협회의 입장을 전달드리겠습니다. 물론 우리 의견은 강제적인 것이 아니고 참고용입니다."

유 의원을 그 협회장의 말을 듣고 말했다.

"저도 오늘 처음 마이크로 아바타가 작동하는 과정을 직접 보게 되었네요. 보건복지위원으로 동물의 보건에도 관심이 많습니다. 협회장님의 좋은 의견을 기다리겠습니다. 그리고 김 박사님. 이런 훌륭한 기술을 개발하느라 수고 많았습니다."

"저희도 여기 반 박사팀과 잘 협의하여 동물을 보호하고 살리는 방향으로 실험에 신중을 기하겠습니다."

반 박사는 전체적인 분위기가 좋은 것을 느낀 듯 곧바로 동물 실험을 준비를 하겠다고 하였다. 동물실험은 동물의 안전과 긴급 상황에 대한 대비가 용이한 수의공학연구소에서 진행하기로 하였다. 나로서는 관련 설비를 반 박사 팀으로 가져가야 하거나 새로운 설비를 제작해야 할 상황이 되었다. μ-아바타 주인이 머무는 μ-아바타실은 옮길 필요가 없었기에 관련 설비를 새로 제작하기로 하였다.

"동물은 반려견 암수 한 쌍과 반려묘 암수 한 쌍을 택하여 실험하는 것이 좋겠네요."

반 박사가 제안해 와서 그렇게 하자고 하였다. 모두 여러 요인으로 안락사가 임박한 동물들이었다. 한 반려묘는 혈압이 매우 높고 한 반려견은 심장병을 앓고 있었다. 다른 반려견과 반려묘는 비교적 정상이었다. 고혈압과 심장병을 앓고 있는 반려동물과 그렇지 않은 동물들에 대한 시험결과를 비교할 수 있었다. 이 동물들에게 μ-아바타를 주입하기 전에 피를 채취하고 백혈구를 배양하여 사전에 백혈구에 의한 공격 가능성을 낮추었다. 이런 사전 준비 작업은 우리 팀에서 수행하였고 배양된 백혈구와 μ-아바타 전구체(前驅體)를 섞은 혈액을 반 박사 팀에 보내 실험하도록 하였다. μ-아바타 전구체는 수백에서 수천 마리의 아메바로 구성되어 있었다. 이 전구체가 동물의 핏줄로 주사되어 들어가면 μ-아바타 군집으로 혈관 안에서 퍼져 나가면서 모든 혈관의 상태를 관찰할 수 있을 것이었다. 이것은 마치 수많은 CCTV를 혈관 안에 설치하는 것과 유사하였다. 이들의 움직임은 μ-아바타의 주인이 μ-아바타실에서 제어하도록 하였다. 반 박사 팀에서 실험한 결과는 실시간으로 우리 팀으로 전송되었다. 비교적 건강한 반려묘와 반려견의 혈관은 예상한 대로 깔끔하였다. 지름이 큰 동맥이나 정맥의 표면이나 단면 구조는 많이 알려져 있었지만 살아 움직이는 동물의 모세혈관을 처음으로 관찰하였고 임무를 마친 μ-아바타는 동물의 코를 통해 콧물과 같이 흘러나오도록 하였다.

고혈압이 심한 반려묘는 혈관의 상태가 매우 나빠 보였다. 혈액 자체가 탁하고 끈적끈적함이 원인인지 몰라도 μ-아바타가 보내는 신호도 그리 만족할 만한 것이 못되었다. 심장병을 앓고 있는 반려견은 고혈압과 당뇨도 심해 μ-아바타가 원활히 활동하기 쉽지 않았다. 이런 결과는 나에게 많은 숙제를 안겼다.

'현재 수준은 단지 혈관조영술이 미세한 수준까지 확장된 것일 뿐이다.'

근본적인 문제는 관찰만으로는 아무것도 할 수 없다는 것이었다. 좁아진 혈관을 확장하는 성형이나 손상된 혈관을 복구하는 역할을 하는 μ-아바타의 개발이 절실해졌다. 나는 또 극복해야 할 과제가 있다는 생각에 맥이 빠지는 기분이었다. 당분간 심각하게 생각을 하지 말자고 다짐하였다.

"김 박사님. 동물의 혈관 속을 실시간으로 모세혈관까지 볼 수 있으니 매우 신기하네요."

반 박사가 아주 밝은 표정과 말투로 말을 건넸다.

"이 분야 연구가 세계 최초이기는 하지만 아직 해결해야 할 문제가 많네요. 허허."

"김 박사님. 너무 욕심이 많은 것 아닌가요? 여기까지 온 것만 해도 아주 대단한데요. 저는 엄두를 낼 일이 아닌 것 같네요. 호호."

"반 박사님도 이제 이 분야 전문가이시지 않아요."

"이 연구가 정말 재미있네요. 계속 실험을 해 보고 싶어요. 특히 혈관질환이 있는 동물들을 치료하는 데 많은 도움이 될 같아요."

대외적으로 알리고 싶지는 않았지만 1차 동물실험에 성공하니 매스컴을 타기 시작하였다. 홍보성 행사를 좋아하는 권 원장이 크게 홍보할 생각인 모양이었다. 이런 종류의 민감한 연구는 조용히 진행시키는 것이 좋다고 나는 생각하고 있었기에 가능한 한 언론에 나서지 않기로 하였다. 아직 완성단계가 아니라서 넘어야 할 산이 많고 그 산 중에 연구와 상관없는 것인 경우도 많기 때문이었다.

*

    일요일 밤 한가한 시간. 집에서 휴식을 취하면서 나는 성당흰 개미에 대한 다큐멘터리를 보고 있었다. 호주에 사는 이들 개미 는 지상에서 최대 6 미터 높이의 집을 짓고 그 안에서 살아가고 있었다. 흰개미의 길이가 1 센티미터 안팎이니 6 미터의 집의 높이는 키가 1.5 내지 2 미터인 사람에게는 300 내지 400 미터 높이의 초고층 건물인 셈이었다. 성당흰개미 중에는 일개미도 있었고 병정개미도 있었다. 일개미는 열심히 먹이를 나르거나 집을 고치는 일을 담당하고 있었다. 병정개미는 일개미들이 일 하는 곳에서 보초병으로 있다가 외적이 침입하면 싸우는 역할 을 하였다. 가만히 보니 흰개미들의 집이 마치 혈관과 같이 복잡 하였다. 흰개미가 μ-아바타처럼 생각되었다. 직업병일 터였다.

    '아! 그래. 우리 μ-아바타도 성당흰개미처럼 역할을 나누면 좋 겠네. 기존에 개발된 μ-아바타, μA1b는 진단과 유해 바이러스나 세균을 퇴치하는 역할을 하도록 하고 혈관조직을 복구하고 치 료하는 역할을 하는 새로운 μ-아바타를 만들어 보자.'

    진단은 영어로 Diagnosis의 D를 사용하고 μ-아바타의 Micro Avatar의 첫 글자를 따서 DMA로 부르기로 하였다. DNA와 비교해 기억하기 쉬울 것으로 생각되었다. D는 Detection 또는 Detective를 나타내는 D라고 생각해도 무방하였다. 반면 혈관 조직을 복구하는 μ-아바타는 재생의 의미를 가진 Repair, 치료라는 의미를 가진 Remedy의 R을 채용하여 RMA라 부르기로 하였다.

'DMA와 마찬가지로 RMA도 RNA와 대비되어 기억하기 쉬울 것이다. 그럼 RMA는 어떻게 개발할 것인가?'

나는 좀 더 고민해 보았다. RMA 개발을 위해 유전자 조작은 더 이상 하지 않기로 하였다. 홍 교수 쪽에서 유전자 조작은 충분했고 μ-아바타를 훈련하면 될 것 같다는 생각이 들었다. 인체 조직을 복구하는 것은 외부 생명체가 담당하는 것이 아니고 자체 복구 시스템이 가동하기 때문에 당분간 RMA는 인체의 복구 기능을 보조하는 역할만 하면 될 것 같았다.

'언젠가는 RMA가 직접 손상 부위를 복구할 수 있는 날이 오겠지. 먼저 피부에 난 상처를 어떻게 치유하는지 알아보자.'

[상처가 나면 소독을 해 주고 인조피부 같은 것을 덮어 준다. 상처에 난 염증은 커지지 않고 염증 제거 물질과 백혈

구의 작용으로 괴사된 피부조직이 제거된다. 우리 몸에서 다양한 물질이 분비되어 상처 부위의 세포가 활성화되고 세포가 증식하여 새살이 돋는다.]

'DMA는 백혈구와 함께 감염 원인이 되는 세균을 제거하고 RMA는 혈관괴사조직을 먹어 치우고 새살이 돋아나도록 물질을 분비하거나 인체 내분비 시스템을 이용하여 손상된 부위에 집중하도록 한다. 이런 μ-아바타가 개발되면 손상되었거나 없어진 모세혈관도 재생할 수 있을 것이다. 그렇지만 어떻게 RMA를 훈련시킬 수 있을까?'

언젠가 개성대학교의 홍 교수가 아메바가 내는 초음파를 통해 다른 아메바들의 움직임을 제어할 수 있을 것이라 했던 기억이 났다. 이것을 이용하면 DMA로 다수의 아메바를 집단적으로 조정이 가능할 것으로 생각되었다.

한동안 만남이 뜸했던 홍 교수를 만나 이런 이야기를 나누고자 전화를 하였다. 홍 교수는 고려의 수도였던 개성의 정취를 느낄 겸 부부 동반으로 개성에서 하룻밤을 같이 보내자고 했다. 그 주 토요일 집사람과 함께 1박 2일로 여정을 위해 개성으로 차를 몰았다. 대전에서 개성으로 가는 내내 차창 밖으로 새들이 떼 지어 가는 것이 보였다. 마치 새들이 개성까지 우리를 따라오는 것 같았다.

홍 교수와 그의 부인을 개성의 한 한옥에서 만났다. 주점도 운영하는 이 한옥에서 밤을 보내면서 오랜만에 편안한 마음을 가지려 하였다. 하지만 일 이야기는 빠질 수는 없었다. 나로서는 어찌할 수 없는 일이었다. 사실 그 때문에 홍 교수를 만나는 것이니.

"통일되기 전의 북한의 군사 퍼레이드나 집단체조는 참 볼 만했는데, 이제는 전혀 볼 수가 없네요."

"어느 사회를 막론하고 갈등이나 알력이 없을 수는 없지요. 그런 갈등과 알력이 분출되지 않고 억압되면 겉으로는 매우 질서정연한 모습을 보이는데 그게 북한의 군사 퍼레이드나 집단체조 같은 것이 아니었을까요?"

"맞습니다. 나치 독일도 엄청난 질서를 보여주었지요."

"사실 우리 선배들도 군사정권 시절 이러한 강압된 질서에서 오는 고통을 견디어야 했지요. 그런데 그런 질서를 마이크로 아바타에서 구현하려 하니 좀 우습다는 생각이 듭니다. 하하하."

"마이크로 아바타가 불만을 가지지 않고 잘 움직여줘야 할 텐데. 홍 교수님의 도움이 절실합니다. 개성에서 옛날 북한의 군중 제어 방법을 잘 터득했을 테니까요. 하하하."

"아! 김 박사님에게 당한 것 같습니다. 하하하."

홍 교수는 지금까지 자세히 나에게 이야기는 하지 않았다고 하면서 말을 이었다.

"다양한 주파수의 초음파로 시험해 보니 드론을 제어하듯이 많은 수의 아메바를 동시에 제어할 수 있을 것 같습니다."

나는 RMA에 대한 이야기를 했고 혈관의 복구 및 재생 기능을 가진 μ-아바타 개발을 같이 하자고 하였다.

"홍 교수님의 연구 결과를 이용하면 별 어려움 없이 RMA는 개발될 것 같네요."

고려나 조선시대 선비들처럼 정자에 앉아 달빛을 벗 삼아 술잔을 나누니 그동안의 심란함과 고민이 사라지는 것 같았다. 그 사이 집사람과 홍 교수 부인은 근처 한옥마을을 구경하고 차를 마시고 있다고 연락이 왔다. 갑자기 주위가 환해졌다. 폭죽이 터지듯한 광채가 어두운 밤을 수놓았다. 자세히 보니 폭죽이 터지는 것이 아니고 폭죽이 터지는 것처럼 수많은 드론이 조정되고 있었다.

홍 교수가 그동안의 자료를 정리 분석하여 나에게 보내왔다. 보고서 형식으로 된 자료와 방대한 데이터였다. 홍 교수의 분석 보고서에 의하면 이중으로 초음파를 발생하고 초음파에 반응하는 아메바는 군집으로 움직이는 것이 확실하였다.

[아메바 군집은 우두머리가 있는 듯 움직였다. 이것은 새

떼나 곤충의 떼가 군집으로 이동하는 것과 매우 유사하였다. 우두머리 아메바를 제거한 후 군집 아메바의 거동을 살펴본 바 그 우두머리를 대체하는 다른 아메바가 나타나 군집의 거동에는 큰 변화가 없는 것을 확인하였다.]

나는 이런 거동을 좀 더 면밀히 분석해 보기로 하였다. 홍 교수에게 받은 데이터가 너무 많아 초기 분석은 인공지능을 이용하였다. 인공지능은 매우 편리한 도구이지만 μ-아바타라는 목적을 달성하기 위해서는 우리 팀의 손을 거쳐야 하였다. 내가 관심을 가진 것은 외부에서 특정 초음파 신호를 보냈을 때의 아메바 군집의 거동을 살피는 것이었다. DMA와 RMA를 구분하기 위해서는 어떤 아메바는 어떤 초음파에 반응하고 다른 아메바는 다른 초음파에 반응해야 하였다. 홍 교수의 데이터를 분석해 본 결과 서로 다른 동물의 유전자를 이식한 아메바의 경우 서로 다른 초음파에서 반응하는 것을 알 수 있었다. 그 차이는 크지 않았지만 아메바 군집을 구분하여 제어하는 데 매우 중요한 발견이었다. 나는 이 분석 결과를 홍 교수에게 전달하면서 이메일로 다음과 같이 요청하였다.

[홍 교수님. 초음파를 발생하는 동물에 따른 초음파에 의한 아메바의 거동을 시험하고 분석해 주시기 바랍니다.]

이런 추가 연구는 홍 교수 입장에서는 그리 어렵지 않을 것 같았다. 기존의 데이터를 분석하고 그 결과를 확인하는 정도일 것이기 때문이었다. 이를 바탕으로 μ-아바타가 군집으로서의 다양한 거동을 유도하기 위해서는 이에 상응하는 언어의 개발이 필요했다. 나는 μ-아바타 제어용 언어는 드론의 군무 제어용 언어와 유사하지 않을까 하는 생각을 했다. 드론 기술은 폭죽의 거동을 재현하거나 새와 곤충 떼의 거동을 모사하는 것으로도 사용될 정도로 발전하였다. 나는 장 박사를 통해 드론 제어기술을 응용하여 μ-아바타 집단 제어기술을 개발하기로 하였다. 장 박사에게는 이 분야가 생소하지만 DAIST 전시우 교수에게 도움을 받으면 될 것 같았다. 전 교수는 제자 중에 이 부분의 전문가가 있으니 단기 고용하여 같이 일하면 잘 될 것이라는 이야기를 하였다. 나는 전 교수가 말한 대로 전 교수가 추천한 전문가를 고용하여 장 박사와 같이 일하게 하였다. 전 교수 또한 우리 팀의 개발과정을 주기적으로 점검하고 자문하기로 하였다.

*

이제 모든 준비가 거의 끝났다. 그렇게 느꼈다. 반 박사 팀에서의 동물실험을 통해 DMA와 RMA의 역할이 확실히 구분되는 것을 확인하였다. 수의공학연구소에서 반 박사의 애완견의 혈관질환을 진단하고 모세혈관을 일부 복구하면서 혈압을 안정화시킬 수 있었다. 반 박사는 이 결과에 매우 만족한 듯하였다.

"김 박사님. 정말 고마워요. 우리 집 강아지 체리가 새사람, 아니 호호 새 강아지가 된 것 같아요. 호호호. 김 박사님. 이제 큰 부자가 될 것 같네요. 저도 좀 끼워 주세요."

"아직 사람에 대한 임상시험이 남아 있는 저는 항상 불안한 마음을 갖고 살고 있어요. 반 박사님의 강아지가 건강해졌다니 아주 다행입니다."

반 박사 팀의 동물실험에서 RMA는 치유 역할을 하였지만 아직 초보적인 수준이라는 생각이 들었다. RMA의 기능은 우리 팀에서 지속적으로 개선해 나갈 것이기 이에 대해서는 별다른 고민을 할 필요는 없었다.

'RMA가 유해 콜레스테롤을 제거할 수 있는 기능을 탑재한다면 당뇨 문제도 머지않아 해결될 것이다. 그렇지만 DMA나 RMA가 혈관 안에서 항구적으로 주재할 수 없는 것이 문제다. μ-아바타가 당뇨와 같은 심혈관 질환을 근본적으로 치유하거나 치유된 후 재발방지를 위해 상주할 방법이 없을까?'

하지만 제대로 된 μ-아바타를 구현하기 위해서는 넘어야 할 큰 산이 남아 있었다. 사람을 대상으로 한 임상시험이었다. 경성대에서의 임상시험을 타진하기 위해 임 교수에게 연락하였다. 전화를 받지 않아 문자메시지를 남겼다. 구내식당에서 식사를 하고 연구실에서 잠시 음악을 듣고 있는 사이 임 교수에게서 연락이 왔다.

"김 박사님. 축하드립니다. 동물실험이 성공적으로 마무리되었다고요. 저도 사람에 대한 임상시험 결과를 빨리 보고 싶습니다."

"그래서 말인데요. 아무래도 임상시험은 경성대 병원에서 하는 것이 좋을 것 같다는 생각을 해 보았습니다. 임 교수님이 임상시험을 할 수 있을까요?"

"제가 하면 좋겠지만 이 부분은 제가 직접 담당할 게 아닌 것 같네요. 제가 병원 당국과 협의하여 어떻게 진행할지 알아보고 연락을 드릴게요."

10.   나비가 되어 날다

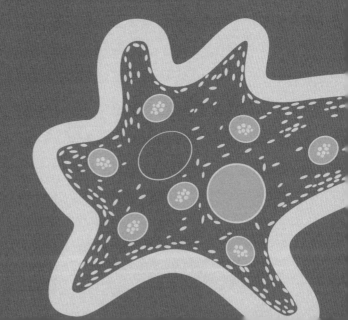

우연한 기회에 알게 되었지만 새로 부임한 경성대 병원장은 나의 고등학교 선배였다. 임상시험에 목마른 나로서는 이런 연결고리를 놓칠 수 없었다. 다른 친한 선배의 주선으로 병원장과 통화를 하면서 임상시험의 취지를 설명하였다. 그 때문인지 몰라도 임 교수에게서 연락이 빠르게 왔다.

"김 박사님. 임상시험에 대해 협의를 해야 하니 저희 병원을 한 번 방문했으면 좋겠습니다."

약속한 날짜에 경성대 병원을 방문하였다. 동물실험을 거친 연구 결과를 검증하는 단계라서 의공학실증연구소의 오명준 소장도 대동하였다. 우리는 병원장실에서 간단히 인사 겸 차 한 잔을 하고 병원 내 살림과 제반 일을 담당하는 부원장과 그 외

임 교수를 포함한 관련 인사들이 모여 있는 회의실로 안내를 받았다.

"김 박사님. 병원장에게서 말씀 잘 들었습니다. 그동안 우리 임 교수도 김 박사님과 함께 연구하면서 많은 것을 배웠더군요. 우리 병원이 김 박사님의 연구의 마지막 단추를 꿰게 되어 매우 영광입니다."

병원장의 입김인지 몰라도 분위기는 상당히 우호적이었다.

"부원장님. 지금까지 경성대 병원 측에서 임 교수를 통하여 많이 도와주셔서 이렇게 마지막 단계로 임상시험을 하게 되었습니다. 임상시험을 성공적으로 마친다면 저희 미의연으로서 더할 나위가 없겠습니다. 경성대 병원에 누를 끼치지 않도록 최선을 다하겠습니다."

애초에 경성대 병원과 임상시험을 하려고 했을 때 권 원장과 오 소장이 반대를 했었다. 미의연 기술이 많이 노출될 것이고 의공학실증연구소에서 먼저 기술의 완성도를 높이고자 하는 이유였다. 하지만 내 생각으로는 미의연에서는 경성대 병원과 같은 응급시설이 없었고 만일의 사태에 대비 관련 의사나 의료시설도 부족하였다. 그리고 사람을 대상으로 임상시험을 하려면 대상 환자를 확보해야 하는 등 해결해야 할 여러 문제들이 있었다. 그래서 나는 경성대 병원에서의 임상시험과 미의연에서의 임상시험을 병행하는 방안을 제안했고 권 원장도 동의했었다.

미의연에서의 임상시험에서 경성대 병원의 의사들이 참여하는 방안을 생각해 보았다. 이런 생각을 경성대 병원 측과 협의할 예정이었다. 이런 생각을 전달받은 부원장은 말하였다.

"아시다시피 우리 임 교수도 마이크로 아바타 개발에 직간접적으로 참여했고 임상시험에 많은 경험과 노하우가 있으므로 경성대 병원에서 임상시험을 주도하고자 합니다."

오 소장이 이 말을 듣고 약간 발끈하듯이 말하였다.

"우리 미의연이 모든 기술과 장비를 가지고 있으니 의공학실증연구소의 실증실험실에서 먼저 임상시험을 수행하면 좋겠습니다. 임상시험에 경성대 병원 측이 도와주면 그리 어렵지 않을 것입니다."

오 소장은 1차 임상시험 후에 경성대 병원에서 2차 임상시험을 수행할 것을 제안하였다. 쉽게 합의점을 찾지 못하고 나와 오소장은 미의연으로 복귀하였다. 내 입장에서는 모든 것을 미의연에서 하면 좋겠지만 경성대 병원과는 달리 임상시험 대상이 될 환자를 확보하기가 거의 불가능하였다.

그 사이 베를린의 스테판 박사로부터 연락이 왔다. 어떻게 알았는지 μ-아바타에 대한 동물실험의 성공을 축하하고 훔볼트 대학병원에서도 임상시험을 하고 싶다고 하였다. 임상시험 조건은 우리가 원하는 바대로 하겠다고 하였다. 나로서는 좋은 제안이었다. 국적을 불문하고 순수한 연구자 입장이라면 더 이상 바랄 것이 없었다. 하지만 우리가 연구해 온 µ-아바타는 보건복지위원회의 유 의원 덕에 국가전략기술로 지정되었고 정부로부터 많은 지원을 받고 있기에 나라 밖에서 중요 기술을 실험하는 것을 불가능하다고 알려주었다. 그러자 실망스러운 듯한 내용의 이메일을 보내왔고 가끔 미의연을 방문하고 싶다고 하였다. 나는 법적인 테두리 안에서 훔볼트 대학병원 관계자들이 오면 가능한 한 협조를 하겠다고 하였다.

헬무트 박사가 환자로서 µ-아바타의 임상시험에 참여하겠다고 자원해 왔다. 전혀 뜻밖이었다. 스테판 박사와의 교신 직후의 일이라 약간의 의구심이 들지 않을 수 없었다. 한편으로는 미의연 내에서 임상시험을 할 수 있는 조건이 어느 정도 채워졌으니 경성대 병원 측과의 협상이 좀 쉬워졌다. 2차 협상에서 결론이 났다. 미의연과 경성대 병원에서 동시에 임상시험하기로 하였다. 사실 헬무트 박사가 임상시험을 자원했기에 미의연에서 먼저 진행될 수밖에 없었다. 이를 위해 우리 팀은 헬무트 박사의 전신을 스캐닝 하여 모세혈관을 포함하는 혈관의 3차원 구조를 확인하고 이를 이용하여 3차원 프린팅으로 헬무트 박사의 인조 혈관을 만들었다. 임상시험을 위해 헬무트 박사는 경성대 병원에서 종합 건강검진을 받았다. 미의연에서의 임상시험을 위해 경성대 병원 의사 두 명이 파견되어 왔다. 경성대 병원도 임상시험 준비에 들어갔다. 이를 위해 나는 일주일에 하루 내지 이틀은 경성대 병원에 머물기로 하였다. 갑자기 모든 것이 바쁘게 돌아가게 되었다.

미의연에서의 임상시험은 의공학실증연구소에서 수행하기로 하였다. 의료기기를 개발할 때 최종 단계는 의공학실증연구소에서 수행하는 것이 미의연의 절차였다. 장 박사가 실험에 주도적으로 참여하고 헬무트 박사는 시험 대상으로 참여하며 남 연구원과 오 소장 팀에서 한 명의 연구원이 시험 보조로 참여하기로 하였다. 의공학실증연구소에서는 μ-아바타실을 따로 둘 필요는 없었다. μ-아바타의 주인은 장 박사이고 전체 임상시험에서 장 박사가 μ-아바타실에서 머무는 시간은 매우 짧았다. 헬무트 박사의 혈관 안에서 μ-아바타가 머무는 시간을 하루에 한 시간으로 제한하였기 때문이었다. 물론 헬무트 박사의 나이를 생각하면 이것도 긴 시간이었다. 일주일에 두 번 μ-아바타를 투입하여 실험하고 데이터를 분석하였다. 그다음 헬무트 박사는 안정을 위해 2주는 휴식을 취하였다. 경성대 병원에서의 임상시험 준비에 6개월 정도 소요되었고 헬무트 박사를 대상으로 한 임상시험도 준비 기간을 포함해 6개월 걸렸다. 헬무트 박사가 휴식을 취하는 동안 장 박사와 나는 경성대 병원에서 임상시험을 준비하였다. 헬무트 박사를 대상으로 한 임상시험에서는 주로 DMA의 거동을 살폈다. RMA 거동은 제한적으로 시험되었다. 헬무트 박사와의 임상시험은 다행히 별다른 문제없이 마무리되었다. 초기에 심장박동이 좀 높아져 긴장했지만 그것은 헬무트 박사의 심리적인 요인에 의한 것이었다. 헬무트 박사가 세계 최초로 μ-아바타 시험대상이 되어 성공적으로 μ-아바타의 혈관 내 거동을 살펴봄으로써 세간의 많은 의구심을 불식시키게 되었다.

경성대 병원의 임상시험에서는 건강한 사람을 대상으로 삼을 수 없었다. 지원자를 찾을 수밖에 없었다. 처음에는 지원자가 없어 애를 먹었지만 한 말기 암환자와 그 보호자가 자원하여 임상시험에 착수하였다. 이 임상시험을 위해 나는 만반의 준비를 하였다. 숨겨진 RMA 기능을 시험해 보는 것도 그중 하나였다. 그 기능은 RMA가 암세포를 감싸 성장을 억제하고 소멸하도록 하는 것이었다. 나는 이 비밀스러운 기능을 최근에 발견하였다. 그동안 나는 RMA가 암세포를 사멸하는 기능을 깊이 생각하고 있었으며 수많은 상상실험을 수행해 왔다.

처음으로 수행하는 임상시험 대상 환자는 혈액암 환자였다. 우리 팀은 훔볼트 대학병원의 백혈구 증식 기술을 도입하여 백혈구와 관련한 시험을 수없이 수행해 왔다. 그중에는 수의공학연구소의 반 박사의 도움으로 혈액암에 걸린 고양이의 혈액을 사용하여 μ-아바타, 특히 RMA의 기능을 시험한 것도 있었다. 반 박사 팀에서는 고양이를 이용한 동물실험을 수행하여 일부 긍정적인 효과를 이끌어 내었다. 문제점으로 제기된 것은 혈액암에 걸린 동물의 혈관 내 비정상 백혈구 수에 비해 RMA 수가 너무 적어 확실한 치유를 못한다는 점이었다. 다른 암에 비해 이 병든 백혈구는 혈액과 함께 혈관 속을 돌아다니기에 RMA의 역할에 한계가 있었다. 혈액암은 난제 중의 난제였던 셈이었다. 해결책으로 혈관 안에서 RMA가 증식하는 기술의 개발이 시도되었다. 우리 팀은 이 증식 기술을 개발하여 수의공학연구소에서 동물실험을 할 예정이었지만 갑작스럽게 경성대 병원에서의 혈액암 환자가 임상시험 대상이 되면서 시험 순서가 바뀐 셈이되었다.

경성대 병원이 분주하게 움직였다. 임상시험 대상의 혈액암 환자는 암이 온몸에 전이된 말기 암 환자였다. 갓 20살을 넘긴 꽃다운 청춘이었다. 내게도 어린 딸이 있어 그 부모 마음을 생각해 보니 가슴이 시려 왔다. 병 때문에 그런지 몰라도 그 환자의 몸은 왜소해 보였다. 환자의 부모는 이미 병원에 모든 각서를 써놓은 상태였다.

"김 박사님. 잘 부탁드리겠습니다. 저희들은 이제 기댈 곳이라고는 김 박사님밖에 없습니다. 저희 희수를 살려 주십시오."

뭐라 할 말이 없었다. 최초의 임상시험이라 걱정 마시라는 말이 차마 떨어지지 않았다. 환자의 이름은 채희수였다.

"귀한 자제분을 맡겨 주셔서 감사할 따름입니다. 희수가 조금이나마 건강이 회복될 수 있도록 최선을 다하겠습니다."

경성대 병원은 그동안 미의연의 도움으로 모든 관련 설비를 갖추었다. 이번 임상시험을 위해 두 명의 μ-아바타 주인이 투입되었다. 그 한 명은 나 자신이었고 다른 한 명은 경성대 병원의 한 젊은 의사였다. 이름은 서대순이었다. 두 명의 μ-아바타가 투입되는 것은 혹시 모를 μ-아바타 사고에 대비하고 혈액암을 잘 아는 의사 μ-아바타를 동행함으로써 진단과 치유 효과를 더할 수 있을 것으로 기대되었기 때문이었다.

혈액암은 백혈병이라 불리는 혈액종양의 일종으로 이상 증식하는 백혈구가 제 기능을 하지 못하고 정상적인 혈구의 증식을 방해하여 면역기능, 산소 운반, 영양공급 등의 문제를 일으킨다. 내가 특히 주목한 것은 이상 증식하는 백혈구가 자가면역질환을 발생시키기도 한다는 점이었다. 혈액암을 치유하기 위해서는 먼저 이런 백혈구를 구분하여 파괴하거나 증식하지 못하도록 해야만 하였다. 이상 증식하는 백혈구는 정상 백혈구보다 크기 때문에 DMA가 쉽게 발견할 수 있고 RMA로 하여금 제거하면 되었다. 그런데 비정상 백혈구의 숫자가 너무 많으면 RMA도 어쩔 수가 없는 일이었다. 그래서 고민한 것은 RMA도 환자 혈관 속에서 증식하는 기능을 부여하는 것이었다. 우리 팀에서 그런 준비를 했지만 동물을 이용한 임상시험을 하지 않았기에 이번 임상시험은 '임상실험'에 가까웠다.

μ-아바타는 DMA와 RMA 둘 다 포함하는 개념이지만 엄밀한 의미에서 DMA만이 μ-아바타이었다. RMA는 DMA의 지시를 받아 움직이는 병사이면서 일꾼들이었다. DMA가 여왕개미이라면 RMA는 일개미인 셈이었다. RMA는 μ-아바타 주인의 정자가 없고 DMA에만 있었다. DMA는 증식이 불가능하고 RMA만 증식이 가능하도록 설계되었다. 혈액암 환자의 혈액 속의 비정상 백혈구를 제거하기 위해서는 RMA의 증식 속도가 비정상 백혈구보다 커야 했다. 기초실험을 통하여 RMA가 비정상 백혈구를 먹이로 하며 증식하는 것을 확인하였지만 임상시험에서는 어떨지 모르는 상황이었다.

나는 모사시험이나 동물실험에서 μ-아바타가 된 적이 많았지만 인체 속으로는 처음 들어가 보게 되었다. 경성대 병원에 만들어진 μ-아바타실에는 임상시험 대상 환자의 독방과 μ-아바타 주인이 뇌파를 DMA에 전달하는 장치 등의 전기전자 장비가 갖추어진 방으로 나눠져 있었다. μ-아바타가 환자의 몸속에 들어가서 DMA로서 활동하는 동안 나와 닥터 서는 그 방 안에서 체류하였다. 나는 DMA를 통해 일을 하므로 다른 일은 거의 할 수 없었다. 개발된 1세대 μ-아바타인 μA1b는 주사기로만 환자 몸에 주입할 수 있었다. 주사기 속에서 닥터 서와 나의 DMA가 만나 서로를 확인하고 μ-아바타 주인의 뇌파와 DMA의 초음파 사이의 통신 상태를 확인하였다. 두 사람의 DMA가 주사기를 빠져나와 환자 몸속으로 들어갔다. 임상시험 환자의 혈관은 스캐닝 후 인조조직으로 완벽히 재현하여 환자 몸속에서의 μ-아바타의 위치를 외부에서도 알 수 있도록 하였다. 또한 시뮬레이터 혈관을 통해서 3차원 관찰도 가능했으며 인체 혈관 안에서 DMA가 보내 오는 초음파 신호를 조합한 3차원 영상과 비교할 수 있도록 하였다. 나는 여러 차례 이 환자의 시뮬레이터 혈관 속으로 들어가 보았기에 환자의 몸속으로 들어가는 것은 전혀 낯설지 않았다. 동행하는 닥터 서도 이미 시뮬레이터 혈관에서 훈련을 받았기에 별로 당황하는 기색은 없어 보였다.

희수 몸속의 혈관을 들어서니 비정상 백혈구들이 많이 보였다. 정상 백혈구라면 μ-아바타를 공격하지 않을 것이나 비정상 백혈구라 어떤 반응을 보일지 궁금하였다. 자가면역질환과 같은 현상이 발생하면 뾰족한 수가 없었다. 그러한 경험이 없었기 때문이었다. 다행히 비정상 백혈구는 별다른 반응을 보이지 않았다. 내 DMA가 RMA에 지시를 내려 비정상 백혈구를 포식하도록 하였다. 닥터 서는 환자의 혈관 상태를 관찰하는 데 주력하였다. RMA는 증식하여 숫자가 늘어나기 시작했고 비정상 백혈구 수가 서서히 줄어들었다. 예정된 프로그램에 따라 나와 닥터 서는 RMA를 지휘하면서 혈관을 돌아다녔다. 비정상 백혈구가 많이 사라졌다. 예정된 2시간이 금방 지나간 듯하였다. 이제 μ-아바타와 작별할 시간이었다. 모든 μ-아바타는 모세혈관을 타고 코로 나오도록 하였다. 콧물처럼 흘러나오는 μ-아바타는 채취하여 따로 보관하도록 하였다. 통상적으로 한번 임무를 마친 μ-아바타는 보관은 하되 재사용은 하지 않았다. 나와 닥터 서는 μ-아바타 장치에서 빠져나왔다.

다른 한 공간에서 이런 μ-아바타 작업을 화면에서 보며 비상 대기하고 있던 경성대 병원 관계자들이 박수를 치면서 환호하였다. 거기에는 임 교수도 있었고 병원장, 부원장도 있었다. 이런 환호가 나는 부담스러웠다. 희수 부모는 눈물을 흘렸다. 희수 상태가 궁금하였다.

"희수는 어떤가요?"

"희수가 눈에 띄게 좋아졌어요. 이제 별로 아프지가 않다고 하네요. 선생님, 정말 감사합니다."

희수 어머니가 눈물을 흘리며 말하였다. 희수 담당 주치의도 말을 거들었다.

"희수 혈액에서 정상 백혈구 수치가 확실히 증가했습니다. 이렇게까지 효과가 있을 줄 몰랐는데, 이 효과가 지속되면 희수는 금방 회복할 수 있을 것 같습니다. 저도 매우 흥분됩니다. 다음

번 마이크로 아바타로 저를 추천해 주십시오."

일단 1주일 정도 지켜보기로 하였다. 비정상 백혈구의 수치가 줄었다고 하더라도 완전히 없어진 것이 아니었다. 나는 그다음 주에 예정된 두 번째 μ-아바타 임상시험에서는 비정상 백혈구를 제거하면서 이들 백혈구가 생성된 원인을 추적하기로 하였다. 그 원인을 파악하여 치유하지 않는 한 혈액암이 재발될 가능성이 높기 때문이었다. 나는 실마리를 찾기 위해 1차 임상시험에서 얻은 초음파 자료 등 모든 자료를 분석하기 시작하였다. 방대한 데이터이지만 다른 관련 데이터가 없기 때문에 인공지능을 이용할 수는 없었다. 2차 임상시험 전까지는 유의미한 분석 결과를 얻을 수는 없더라도 데이터를 계속 들여다보면서 데이터와 친숙해지기로 하였다. 그렇게 하면 2차 임상시험에서 이전 데이터와 다른 것을 찾기 쉬울 것으로 생각되었다. 하지만 데이터 분석은 쉽지 않았다.

외부 요인 때문이었다. 신문기자이나 방송기자들로부터 자주 연락이 왔다. 한두 번 인터뷰를 했지만 연락이 너무 자주 와 거의 숨어 살다시피 하였다. 휴가를 핑계로 가족들에게만 행선지를 알리고 3박 4일 템플스테이를 위해 가까운 절을 찾기로 하였다. 혹시 기자들이 눈치를 챌까 봐 새벽에 집을 나섰다. 2월 중순이라 날씨는 아직 쌀쌀하였다. 해 뜰 때까지 시간이 한참 남아 있었다. 갑자기 오래전 함의연 연구원 시절 숙소에서 새벽에 전화벨이 울리고 미의연 박상동 초대 원장과 통화했던 기억이 떠올랐다. 새벽은 그 새벽의 기억을 깨우고 있었다. 박 원장은 그 당시 칠순이 넘었지만 정정했었다. 원장직을 놓은 후 한림원 회원으로 간간이 활동해 왔지만 어느 2월에 외출하고 돌아온 후 뇌출혈로 사망했다는 부고가 왔었다. 그렇게 봄을 맞이하기 위해서는 필히 거쳐야 할 2월은 가끔 잔인하였다.

먼발치의 산 능선이 진 새벽을 알리듯 선명하게 보일 즈음에 절에 도착하였다. 아침을 맞이하는 스님들의 목탁소리와 저음의 불경소리가 선사에 울려 퍼지고 있었고 나는 서둘러 아침 공양을 하러 갔다. 선사 내 숙소로 돌아오니 온돌방의 온기가 발바닥에 느껴지면서 졸음이 밀려와 이불을 제대로 펼치지도 않은 채 잠이 들었다. 그렇게 꼬박 3박 4일을 홀로 데이터를 분석하면서 절에서 보내고 집으로 돌아왔다. 가지고 가지 않았던 스마트폰에는 수많은 메일과 부재중 전화, 문자메시지가 눈처럼 수북이 쌓여 있었다.

*

희수를 위한 2차 임상시험이 진행되었다. 예정대로 이번에는 희수 주치의가 μ-아바타로 나를 대동하였다. 닥터 주진철이라고 하였다. 1차 임상시험에 대동했던 닥터 서보다는 젊은 의사였다. 닥터 서로부터 많은 이야기를 들어서 그런지 별 두려움이 없고 호기심이 가득한 얼굴로 나에게 말하였다.

"김 박사님. 제가 희수 혈관 속에서 길을 잃으면 어떻게 되나요?"

질문이 좀 맹랑했지만 나는 그런 생각을 해 본 적이 없었다. 템플스테이를 할 때 한밤중에 숙소를 나와 맑은 공기를 쐬기 위해 가까운 산을 올랐다가 잠시 길을 잃어 두렵고 황망했었다. 다행히 선사의 빛을 멀리서 발견하고 숙소로 무사히 돌아왔었다. 이번 임상시험에서는 모세혈관도 샅샅이 살펴볼 계획이었다. 그래서 닥터 주의 걱정도 이해가 되었다.

"마이크로 아바타실에서 마이크로 아바타의 현재 위치를 실시간으로 알려 주고 비상사태를 대비하여 등대 빛과 같은 신호를 내보내고 있으니 그 신호를 따라가면 길을 잃을 염려가 없습니다."

모세혈관 속으로 들어가면서 DMA 군집은 혈관을 따라 길게 늘어서서 이동할 수밖에 없었다. 초음파 신호가 단절되거나 왜곡될 가능성이 높아졌다. 홍 교수의 유전자 조작을 통해 아메바 전후에 초음파를 낼 수 있도록 한 것이 이때 효과를 발휘하였다.

'바이러스에 의한 골수 손상이 희수의 혈액암 원인이 아닐까?'

희수의 가족 중에 혈액암을 비롯한 유전성 암 발생이 없었다는 것을 알고 있었다. 나는 희수 몸속에 숨어 있는 바이러스와 미세한 염증을 찾아보고자 하였다. 특히 적색골수와 연결되는 모세관에서의 관찰이 매우 중요할 것으로 생각되었다. 두 번째로 희수의 혈관 속으로 들어가 보니 이상 백혈구는 다시 증식되어 있었다. 그 숫자는 첫 번째 임상시험 때에 비해 현저히 줄어들었지만 이대로 방치한다면 원래의 숫자로 회복될 것 같았다. RMA로 이상 백혈구를 제거해 나가면서 이상 백혈구들이 흘러나오는 곳으로 추적해 들어갔다. 예상대로 대퇴부 쪽 골수에서 이상 백혈구들이 흘러나오고 있었다. 그쪽으로 갈수록 혈관이 좁아져 조심스럽게 다가갔다. DMA는 군집으로 갈 수 없었고 척후병을 파견하듯 몇 마리의 DMA만 골수 깊숙이 보냈다. 이상 백혈구가 생성되는 안쪽 골수조직으로 가는 혈관의 일부가 손상되어 있고 혈액의 온도도 좀 높게 측정되었다. 손상된 조직에 염증이 있는 것처럼 보였으며 이상 백혈구로 인하여 바이러스들이 죽지 않고 번식하고 있었다. 이것이 희수의 혈액암의 원인 것으로 생각되었다. 이상 백혈구가 적고 상대적으로 정상 백혈구가 많은 상태라 이상 백혈구 증식은 빠르지 않았다. 나와 닥터 주의 DMA는 시험을 마치고 희수의 혈관에서 철수하였다.

　'이 염증을 어떻게 치유할 것인가? 작전을 잘 세워야 할 것이

다. 3차 임상시험에서 이 염증을 제거하면 희수의 혈액암이 완치될 수 있을 것이다.'

나는 2차 임상시험 후 일체 외부와 접촉을 하지 않았다. 병원 당국에도 임상시험 결과를 공개하지 말 것을 간곡히 부탁하였다. 사람을 대상으로 한 임상시험은 겨우 2번에 불과하여 이것을 대외적으로 공개하는 것은 시기 상조였다. 2차 임상시험에서 발견된 대퇴부 쪽 골수에서의 염증이 혈액암의 요인이 확실하다면 그곳에 왜 염증이 발생했는지 궁금하였다.

"희수 부모님. 혹시 희수가 대퇴부 골절을 일으키는 사고가 있었나요? 그쪽에 염증이 발견되었어요."

"그렇군요. 여보. 작년인가 당신이 차 몰다가 사고가 났었잖아요. 그때 희수가 뒷좌석에서 안전벨트를 안 하고 있다가 좀 삐걱했던 것 같은데 엑스레이 촬영에서 별다른 것이 발견되지 않아 그냥 넘어갔지 않아요?"

"그래. 그런 적이 있었지. 난 희수가 멀쩡해서 아무 문제가 없을 줄 알았는데…. 그래 희수가 가끔 엉덩이 쪽이 쑤신다고 했던 적이 있지. 그때 애늙은이라고 놀렸었는데…. 이 사고가 희수 아픈 거하고 상관있는 모양이지요? 김 박사님."

"꼭 그렇다고 단정할 수는 없지만, 그 부근에 염증이 있어서 그런 겁니다. 그 염증이 원인이라면 희수 병은 이제 완치될 수 있을 겁니다.”

"아! 아주 반가운 소식이네요. 정말 감사드립니다. 김 박사님."

의공학실증연구소의 오 소장도 참관한 3차 임상시험은 비교적 순조롭게 진행되었다. 이미 골수 쪽에 3차원 영상을 확보했기에 다량의 RMA를 파견하여 염증을 치료하였다. DMA는 근처에서 원격 조정만 하는 수준이었다. 4차 임상시험에서는 염증이 발생한 곳에서 또 다른 염증이 있는지 점검하는 정도로 마쳤다. 이로써 희수에 대한 µ-아바타 임상시험은 종료되었다. 희수는 건강이 빠르게 회복되었고 얼마 후 퇴원하였다는 이야기를 들었다.

나는 다른 환자에 대한 임상시험은 장 박사와 의공학실증연구소의 남 연구원에게 맡기고 미의연에 복귀하였다. 임상시험을 많이 하면 할수록 좋았지만 병원 사정에 맞추어 자원하는 환자와 일정을 협의하여 정할 수밖에 없었다. 다음 환자는 대장암 말기 환자로 희수의 혈액암에 비하면 쉬운 측면이 있었다. 핏속의 암세포는 RMA가 제거하고 암세포가 모여 있는 대장에 집중하여 치료하도록 하면 되었다.

11.   호사다마

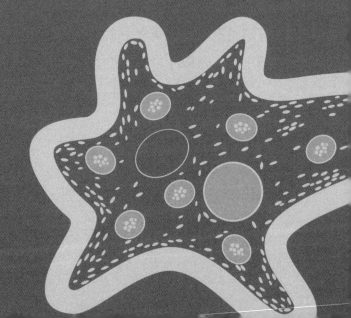

그사이 베를린의 홈볼트 대학병원의 스테판 박사로부터 초청장이 왔다. 거절하고 싶었지만 헬무트 박사도 이제는 고향으로 돌아가야 했고 안디도 한번 보자고 해서 겸사겸사 독일로 가기로 하였다. 권 원장도 같이 가고 싶다고 해서 베를린에서 만나기로 하였다. 내가 독일로 출장 간 사이에는 의공학실증연구소의 오 소장이 경성대 병원과의 임상시험 업무를 맡기로 하였다. 헬무트 박사와 나는 먼저 베를린으로 떠났다.

11월의 베를린은 그야말로 칙칙하였다. 지난번에 왔을 때는 6월의 늦은 햇살을 만끽했었는데 낙엽은 비에 젖어 바스락거리지도 않았다. 공항에는 뜻하지 않은 사람들이 마중 나와 있었다. 그들은 주독일 대사관에서 나온 대사관 직원들이었다. 뜨악

한 표정으로 그 직원들을 쳐다보니 김민규 대사가 보내서 왔다고 하였다. 김민규? 어디선가 낯설지 않는 이름이었다. 그 옛날 함부르크 영사관에 있었던 김 영사인 것 같았다.

'언제 독일 대사가 되었지? 그런데 내가 여기 오는 걸 어떻게 알았지?'

"괜찮으시다면 대사관저에서 저녁을 드시고 그곳에서 묵으시라는 전갈입니다. 김 박사님이 예약하신 호텔에는 이미 연락을 하여 조치를 취해 놓았습니다."

약간 마음이 상했지만 그야말로 오랜만에 만나는 김 영사, 아니 김 대사라서 그 대사관 직원의 말을 따르기로 하였다. 마침 김 대사로부터 전화가 왔다.

"김 박사님. 안녕하세요. 김민규라고 합니다. 절 기억하시지요? 함부르크에서 제가 영사일 때 자주 뵈었었지요. 아마 저희 집에도 두세 번 놀러 오셨던 것으로 기억합니다만, 김 박사님도 생각나시지요?"

"아. 김 대사님. 시간이 너무 흘러 기억이 가물가물합니다만…. 이제야 생각이 나는군요. 대단히 죄송합니다."

"아니. 제가 마중을 가지 못해서 죄송하지요. 곧바로 대사관 관저로 오십시오. 기다리겠습니다."

김 대사는 μ-아바타 기술이 대한민국 기술 중에서 올해 최고 전략기술로 선정이 되어 '김행헌 박사'를 특별히 보호하라는 정부의 지침이 내려왔다고 하였다. 실질적으로는 나를 감시하는 셈이었다. 김 대사는 내가 독일에 있을 때 대사관 직원과 동행해 줄 것을 간곡히 요청하였다. 나로서는 훔볼트 대학병원을 방문하면서 스테판 박사나 병원 측의 지나친 환대가 부담이 되었고 μ-아바타에 대한 세세한 질문을 피하고 싶었다. 감시받는 것 자체는 기분이 썩 유쾌하지는 않았지만 좋은 핑곗거리가 생겼다. 미리 훔볼트 병원에 알려야 했으나 갑자기 닥친 일이라 헬무트 박사로 하여금 스테판 박사에게 전화를 해서 이런 사정을 얘기하고 대사관 직원을 대동하는 것에 대한 양해를 구하였다. 훔볼트 대학병원에서도 어쩔 수 없는 일이었다. 그렇지 않으면 나를 만날 수 없기 때문이었다. 대사관에서 내어 준 차를 타고 훔볼트 대학병원에 들어서니 스테판 박사가 마중 나와 있었다. 스테판 박사는 우리 일행을 병원장실로 안내하였다. 병원장은 매우 반가운 미소로 우리를 맞았다. 그는 독일어 아닌 유창한 영어로 인사를 건네고 말을 이어나갔다. 그리고 곧장 본심을 드러내었다.

"김 박사님의 μ-아바타 기술이 가져온 엄청난 결과를 잘 알고 있습니다. 우리 병원도 μ-아바타 기술을 확보하여 많은 난치병을 고치고 싶습니다. 김 박사님의 μ-아바타 기술이 세계적으로 널리 보급되어 많은 사람들을 살릴 수 있다면 인류애적으로 얼마나 좋은 일이겠습니까?"

나는 인류애라는 말에 좀 당황을 했다. 나 자신도 가끔 내가 하는 일이 인류를 위한다고 생각하지만 나라를 생각하지 않을 수는 없었다. 이에 대한 절충점을 찾기는 쉽지 않을 것임을 잘 알고 있었다. 대사관 직원을 동반한 것은 나라를 위한 것이고 홈볼트 대학병원을 방문한 것은 인류를 위한 것이라 할 수 있었다.

"저도 항상 인류의 건강을 위한다는 마음으로 일하고 있습니다. 언젠가는 귀 병원에서도 μ-아바타 기술을 이용하여 환자들을 돌볼 날이 오겠지요."

11시에 회의가 시작되었다. 나는 μ-아바타에 대한 기술을 원론적으로 설명하고 동물에 대한 임상시험 결과를 발표하였다. 회의장은 강연장을 방불케 할 정도로 규모가 있었고 많은 사람들이 참석하였다. 나는 발표 중간에도 많은 질문을 받았고 발표가 끝나고 난 뒤에도 질문들이 끊이지 않았다. 하지만 민감한 질문들이 많아 국가가 관리하는 최고의 전략기술이라는 핑계를 대며 자세한 대답은 회피하였다. 간혹 아주 구체적이라 싶을 정도의 답변을 요구하는 질문도 있었지만 극도로 자제하였다. 11시에 시작한 세미나 겸 회의가 오후 3시에야 끝날 수가 있었다. 샌드위치 같은 것이 회의장 주변에 마련되어 있었지만 물과 주스만 마셨다. 회의가 끝나고 나와 헬무트 박사는 다시 병원장실로 안내되었다. 권 원장이 언제 왔는지 병원장과 담소를 나누고 있었다.

"김 박사님. 대단히 고맙고 수고 많으셨습니다. 지금 당장은 어렵겠지만 향후 김 박사님과 같이 일하고 싶습니다."

병원장은 매우 만족한 표정을 지으며 말하였다. 반대로 대사관 직원의 표정은 그리 밝지 못하였다. 어쩔 수 없는 일이었다. 아무리 좋은 기술이라도 영원히 감출 수는 없었고 나로서는 옛날 유학생일 때 독일 정부로부터 재정적인 지원받았기에 빚이 있는 셈이었다. 대한민국이 μ-아바타 기술을 주도하고 훔볼트 대학병원과 같은 세계적인 병원이 협력하면 손해 볼 일을 없을 것이라는 생각도 들었다.

오후 5시에 이른 만찬이 준비되었다기에 우리 일행은 쉬면서 만찬에 참석하기로 하였다. 다만 헬무트 박사가 너무 피곤해 보여 대사관 직원으로 하여금 대사관저로 일찍 들여보냈다. 권 원장은 대사관으로부터 미리 연락을 받았었는데 자기가 프랑스에 일이 있어 일찍 출국하는 바람에 나에게 대사관 일을 사전에 알리지 못했다고 하였다. 병원장까지 참석한 만찬회는 옛날 동베를린의 오래된 산장 같은 호텔에서 열렸다. 영화에서나 봄직한 크고 화려한 샹들리에 아래 은은한 연주가 들리는 레스토랑이었다. 다른 손님은 없는 것 같았다. 나는 병원장 오른편 옆자리에 앉았고 왼편 옆자리에는 권 원장이 앉았다. 스테판 박사는 내 오른편에 앉았다. 나는 병원장이나 스테판 박사와 사적인 대화를 많이 나누었지만 기억에 남는 것이 별로 없었다. 긴 여행과 강연, 회의 등으로 지쳐 있었고 긴장이 풀리면서 좀 편안한 마음으로 식사하면서 포도주를 마셨다. 가끔씩 레스토랑의 연주자들이 근처에서 연주를 하였고 3시간에 걸친 만찬이 끝날 무렵 나는 상당한 취기를 느꼈다. 대사관 직원의 도움으로 권 원장은 베를린 시내 숙소로 돌아갔고 나는 대사관저로 무사히 돌아올 수 있었다. 헬무트 박사는 이미 잠자리에 들었다고 하였다.

그다음 날 헬무트 박사는 아침 식사 후 고향 슈투트가르트행 비행기를 타러 먼저 브란덴부르크 공항으로 가고 나는 김 대사와 점심 식사 후 함부르크로 떠날 예정이었다. 헬무트 박사는 미의연과는 더 이상 같이 일을 하지 않게 되었다. 그로서는 완전히 은퇴하는 셈이었다. 헬무트 박사가 우리와 같이 일하면서 중요한 업적을 남겼다. 유전자 조작된 아메바가 혈관 속에서 백혈구에 공격받지 않는 연구, 최초로 μ-아바타 임상시험 자원 등 나로서는 신세를 많이 졌다. 나는 헬무트 박사와 대사관저에서 작별 인사를 하였다.

"그동안 신세 많이 졌습니다. 헬무트 박사님. 이렇게 헤어지니 정말 섭섭합니다."

"김 박사님 덕분에 제 일생 최고의 연구를 한 것 같습니다. 저는 이제 연구는 접고 고향에서 손자나 보면서 쉴 생각입니다. 독일에 오면 슈투트가르트도 들러 주세요. 근처 숲속에서 잡은 노루 고기를 대접하겠습니다. 하하하."

대사관저를 미끄러져 나가는 리무진을 바라보며 나는 인생이 덧없다는 생각을 하였다. 짐을 챙기고 잠시 커피를 한잔 하면서 자료를 정리하였다. 함의연에서도 비슷한 강연을 할 예정이었다. 함의연은 병원이 없기 때문에 그다지 민감한 질문은 없을 것으로 생각되었다. 김 대사와 간단한 점심과 차 한잔을 뒤로하고 나는 대사관 직원이 모는 차를 타고 함부르크로 향하였다. 김 대사를 언제 다시 만날지 모르겠지만 왠지 자주 만나게 될 예감이 들었다.

'베를린은 한국과 독일에 역사적으로 상당한 의미를 가지고 있는 도시라서 그런가?'

대사관의 배려로 나는 함부르크 영사관으로 안내되었다. 김 대사가 옛날 함부르크 영사관에서 근무해서 그런지 몰라도 나는 칙사 대접을 받는 기분이 들었다. 함부르크 총영사와 저녁을 같이 한 후 나는 대사관 직원이 모는 차를 타고 함부르크 시내에 있는 한 호텔로 갔다. 함부르크 중심에 있는 알스터(Alster) 호수가 내려다보이는 전망 좋은 방이 예약되어 있었다. 나는 고향을 찾은 느낌이었지만 이번 출장은 되도록 일찍 돌아갈 생각으로 단출하게 왔다. 함의연에서의 세미나 후에 안디와는 저녁에 만나 식사만 하고 그다음 날 돌아갈 예정이었다. 안디는 아침에 호텔로 왔다. 대사관 직원을 대동하고 있었기에 그럴 필요가 없었지만 안디는 자기 차로 앞서가고 대사관 차는 뒤 따라 가는 형식이 되었다. 안디는 함의연의 부원장이 되어 있었다. 나는 안디에게 축하의 말을 건네고 잠시 생각에 잠겼다.

'축하할 일이기는 하지만 세월 탓도 있을 것이다. 나이가 들면 경력이 쌓일 터이고 보직을 맡게 되면 점점 더 책임이 큰 보직을 맡게 되는 것은 어느 조직이나 마찬가지이지.'

안디의 안내로 함의연 원장을 만나고 잠시 면담을 한 뒤 세미나실로 향하였다. 함의연은 병원이 없기 때문에 훔볼트 대학병원보다는 규모는 훨씬 작았다. 세미나는 훔볼트 대학병원에서보다 열기는 덜했지만 공학적 측면에서 μ-아바타 구현에 대한 질문이 많았다. 그중에서 초음파나 뇌파의 전달 시 발생할 문제에 대한 질문은 나에게는 매우 유용한 것이었다. 나도 고민해 왔던 문제이고 개략적으로 답을 찾았다고 생각했지만 현재로서는 최적의 방법을 찾고 있다는 답변으로 얼버무렸다.

그런데 훔볼트 대학병원에서는 강연과 회의 내내 자리를 떠나지 않았던 대사관 직원이 세미나가 끝나지도 않았는데 자리를 떠나는 것이 보였다. 어디선가 급한 연락이 온 모양이었다. 그리고는 돌아와서 실례한다는 표정으로 나에게 다가와 귓속말로 말을 건넸다.

"저 김 박사님. 빨리 귀국하셔야 할 것 같은데요. 경성대 병원에서 임상시험 중에 사고가 났다고 합니다."

순간 머릿속이 하얘졌다. 세미나가 거의 마무리가 되어 가고 있었기에 그 대사관 직원에게 잠시 기다리라고 하고 세미나를 마치면서 안디를 찾았다.

"안디. 한국에서 임상시험 중에 사고가 난 것 같으니 조속히 귀국해야 할 것 같아."

"그래 알았어. 여긴 내가 정리할 터이니 서둘러 돌아가."

나는 뒷정리를 안디에게 맡기고 대사관 직원이 모는 차에 올랐다. 가능한 한 빠른 비행기를 타야만 하였다. 함부르크에서 서울로 가는 직행 비행기는 없었다. 베를린으로 달렸다. 비행기 시간이 촉박하였다. 표는 이미 대사관에서 마련해 두었다고 하였다. 살면서 이렇게까지 가슴이 뛰었던 적이 있었던가? 혈액암 환자였던 희수를 μ-아바타로 치료하면서도 나는 별로 동요하지 않았었다. 갑자기 한국에 있는 가족들이 생각이 났다.

인천 공항에는 장 박사와 남 연구원이 나와 있었다. 나는 집이나 미의연을 먼저 갈 수는 없었다. 경성대 병원으로 직행하였다. 오는 중에 장 박사와 남 연구원은 표정이 어두웠고 내내 말이 없이 풀이 죽어 있었다. 나는 개략적인 내용을 독일에서 들어 알고 있었기에 별다른 이야기를 하지 않았다.

경성대 병원은 언제나처럼 환자와 보호자들이 붐비고 있었다. 임신경 교수가 마중을 나왔고 부원장이 기다린다며 회의실로 안내하였다. 좀 구체적인 상황을 임 교수가 설명하였다.

"한 고혈압 환자를 대상으로 임상시험을 하던 중에 주치의와 그 주치의 마이크로 아바타와의 접속이 갑자기 끊어지면서 주치의는 의식을 잃었고 불행하게도 환자는 뇌출혈로 사망했습니다."

회의실에 도착하니 부원장이 심각한 표정으로 상석에 앉아 있었고 병원 관계자로 보이는 세 명의 사람들이 부원장 오른편에 앉아 있었다. 그리고 환자의 보호자라는 두 사람이 그 맞은편에 자리하고 있었다. 내가 들어서자 부원장 옆에 앉아 있던 사람이 일어서며 자리를 권하였다. 내가 독일 출장 중에 임시로 임상시험 일을 맡았던 오 소장은 보이지 않았다. 장 박사와 남 연구원은 보호자들 맞은편 빈자리를 찾아 앉았다. 부원장은 나를 보호자들에게 간단히 소개하였다. 나는 자세한 내막은 알 수 없었지만 우선 사과할 수밖에 없었다. 환자의 딸이라고 소개한 여성이 울먹이면서 말하였다.

"저희 아버지께서는 치매가 좀 있었고 고혈압이 심했지만 비교적 건강한 편이었는데…. 흑흑흑."

나는 거듭 사과하고 병원 당국과 상의하여 후속 조치를 취하겠다는 말 이외에는 달리 더 이상 할 말이 없었다. 부원장도 그렇게 꼭 하겠노라고 힘주어 말하였다. 환자의 아들이라는 사람이 매우 어두운 표정을 지으며 말하였다.

"우리 아버지는 최근 김 박사님의 마이크로 아바타 이야기를 듣고 임상시험을 하면 병을 고칠 수 있다고 기대를 많이 했었는데…. 아~ 우리가 말렸어야 하는 건데…."

그는 일단 병원 측의 일 처리를 두고 보겠다고 하였다. 나는 한숨을 돌릴 사이도 없었다. μ-아바타로 임상시험에 참여한 주치의가 의식을 잃고 입원해 있는 병실을 들러야 하였다. 그 의사 환자는 사안이 사안인 만큼 특실에 입원해 있었다. 그 방으로 가 보니 그 환자는 의식이 돌아와 있었고 건강상 별문제는 없어 보였다. 부인이라는 보호자가 옆에 있었고 크게 동요하거나 걱정하는 표정은 아니었다. 심혈관계 전공의였는데 침대 머리 쪽에 이름표가 붙어 있었다. 박치우 35세(남). 그에게 나를 소개한 후 물었다.

"어떻게 된 일인지 저한테 구체적으로 말해 줄 수 있겠어요?"

"처음에 마이크로 아바타가 되기 위한 준비 작업을 할 때 저는 매우 설레었습니다. 아바타가 되어 막상 환자 몸속으로 들어가니 좀 어리둥절하여 헤맨다는 느낌이 들었는데 여기 장 박사님이 잘 인도해 주시더라구요. 그래서 장 박사님과 환자의 혈관 속을 돌아다니면서 혈관 상태를 관찰하였지요. 이때만 해도 매우 신기했습니다."

그런데 어느 순간 머리가 어지러워지는 듯했고 의식을 잃었다고 하였다. 그다음은 기억이 나지 않았고 깨어 보니 응급실 침대 위라고 하였다. 장 박사가 말을 이었다.

"무슨 이유인지 몰라도 닥터 박의 DMA가 발작을 일으키는 듯하였고, 그 후 RMA가 이상 증식을 하여 혈관을 돌아다니기 시작했습니다. 그래서 저는 μ-아바타와 연결을 차단하고 닥터 박을 급히 응급실로 옮기도록 했습니다. 그리고 환자가 있는 방으로 급히 달려갔습니다."

임상시험 환자도 의식을 잃은 상태였고 모든 상태가 나빠져 응급실로 옮겨 응급 조치를 다 취했지만 사망했다는 것이 장 박사의 설명이었다. 장 박사 추측으로는 이상 증식된 RMA가 뇌혈관을 파괴시켜 뇌출혈을 야기했을 것이라 했지만 아직 정확한 이유를 모르겠다고 하였다. RMA가 이상 증식하였다니 매우 특이한 상황이었다. 마치 백혈구가 이상 증식하여 혈액암을 일으키는 것과 흡사하였다. 가만히 생각해 보면 그럴 가능성이 있을 것도 같았다. 그렇지만 지금까지 미의연에서의 연구나 임상시험에서 RMA 이상 증식과 같은 현상은 발견되거나 확인되지 않았다. 인과 관계는 분명해진 것 같았다. 원인은 불분명하지만 닥터 박의 DMA가 오작동을 하였고 닥터 박의 DMA를 따르는 RMA가 이상 증식을 한 것이었다. 낭패인 것은 분명했지만 혈액암이 생기는 근본적인 원인을 추적할 수 있는 길이 열렸다고 나는 애써 위안을 삼았다. 하지만 당장의 발등의 불은 꺼야 했다. 경성대 병원 측은 책임을 미의연에 전가하려는 듯했고 임시 책임자였던 오 소장은 뒷짐을 지고 있을 뿐이었다. 이미 엎질러진 물이었다. 가능한 한 빨리 수습을 하고 μ-아바타의 결함과 문제점을 점검하고 개선해야 하였다. 병원 측과 협의하여 당분간은 임상시험을 중단하기로 하였다. 장 박사에게 임상시험과 관련된 시험장비나 부대설비를 정리할 것을 부탁하고 나는 집으로 가기 위해 서울역으로 향하였다.

벌써 오후 10시가 넘어가고 있었다. 인천 공항에 이른 오후에 도착해서 경성대 병원으로 달려 간 후 정신없이 일을 처리하고 사람들을 만나다 보니 식사할 겨를도 없었다. 집으로 돌아와서는 식사를 하는 둥 마는 둥 하고 잠자리에 들었다. 잠이 잘 올 리가 없었다. 나는 밤새 꿈인지 생각인지 모를 상념에 젖어 밤을 보냈다.

그다음 날 아침 나는 미의연에 출근하자마자 권 원장을 찾았다. 권 원장과는 어제 간단히 통화했었다. 권 원장은 다른 사람들을 통해 이미 사태 파악을 하고 있었다. 권 원장도 나와 마찬가지로 조속히 사태 수습을 하는 방향으로 가자고 하였다. 그밖에 달리 도리가 없었다. 오 소장을 찾으니 미국 학회 발표가 있어 이날 미국으로 떠났다고 하였다. 그 나름대로 바쁘기도 했겠지만 좀 섭섭한 마음이 들었다. 어쨌든 혼자 짊어져야 할 일이라 생각하니 마음이 홀가분하였다. 사망한 환자 일은 경성대 병원에서 대응하겠지만 나도 그 일에서 자유로울 수 없었다. 배상 책임은 미의연도 져야 했기 때문이었다. 미의연으로서는 처음 겪는 일이지만 경성대 병원은 역사가 긴 병원이라 전혀 새로운 일이 아니었다. 임신경 교수에게 일 처리는 경성대 병원이 하고 그 책임은 배분하자고 연락을 하였다. 임 교수도 그렇게 할 것이라고 답하였다.

'도대체 이해할 수가 없네. 어떻게 μ-아바타 주인과 DMA 사이에서 신호교란이 발생했을까?'

신호교란으로 사고가 났다고 단정할 수는 없었지만 그 외의 가능성은 낮아 보였다. DAIST의 전 교수가 생각이 났다. 나는 전 교수에게 전화를 걸어 최근의 경성대 병원에서의 사고에 대해 개략적으로 설명하였다. 전 교수는 뇌파가 DMA의 정자에 전달되는 기술을 개발하는 데 많은 도움을 주었었다. 뿐만 아니라 군집 드론 제어기술과 관련한 전문가를 소개해 주었고 DMA를 통해 RMA를 제어하는 기술도 함께 개발했었다.

"그동안 화해해서 잘 지내던 사우디와 이란이 최근에 드론 때문에 전쟁을 할 뻔했지요."

전 박사가 말을 이었다.

"이란에 드론 기술이 많이 발달되어 있지요. 사우디 항구도시인 제다에서 항공 페스티벌이 열렸었는데 이란이 군집 드론으로 참여했지요."

그런데 드론 쇼 도중에 갑자기 드론들이 제다항에 정박해있던 사우디 군함을 공격했다는 것이었다. 이란은 즉각 사과를 하고 사우디가 크게 문제 삼지를 않았지만 이란은 매우 당황을 했을 거라 하였다. 군집 드론이 갑자기 엉뚱한 행동을 했다는 것은 전파교란이 있다는 것을 의미하는데 이란은 배후로 이스라엘을 의심하고 있다고 하였다. 나는 전 교수와 전화를 마치고 관련 기사를 찾아보았다. 전 박사가 설명한 대로 1년 전에 그런 사건이 있었다. 하지만 아직 정확한 원인은 밝혀지지 않고 있었다. 전 교수는 요즘 초소형 전파교란기가 많이 개발되어 은밀히 사용되고 있다고 하였다.

"이들 기기는 중간에서 신호를 교란하기도 하지만 도청장치가 되기도 합니다."

"그렇다면 누군가 임상시험 중에 이런 신호교란 장치를 의도적으로 사용했을까요?"

이런 의문이 들 때 임상시험 환자의 보호자가 했던 말이 생각이 났다. 환자의 딸은 아버지가 치매가 있다고 했고 아들은 아버지가 μ-아바타 임상시험을 원했다고 하였다. 치매의 정도가 얼마인지 몰라도 모순이 있는 말 같았다. 이것에 대해서는 차차 생각하기로 하고 경성대 병원 측에서의 사태 수습 일정이 나오기를 기다리기로 하였다. 하지만 그다음 날 사태는 엉뚱한 방향으로 흘러갈 조짐이 보였다. 한 유튜버가 경성대 병원에서의 임상시험 사고를 어떻게 알았는지 자신의 채널에 환자의 보호자와 인터뷰한 내용을 올렸다. 환자의 보호자들과 위자료나 보험료 등에 대해서는 아직 협상을 시작도 하지 않았는데 경성대 병원이나 미의연으로는 뒤통수를 맞은 셈이었다. 이 유튜버는 의료 사고와 관련한 내용을 자주 다루었지만 큰 영향력은 없었다. 그래서 대수롭지 않게 넘기려고 했는데 갑자기 이름 있는 방송사와 신문사에서 나에게 연락이 오기 시작하였다. 권 원장도 전화를 많이 받았다고 하였다. 일단 어떤 매스컴의 취재에도 대응하지 않기로 하였다. 하지만 저녁 늦게부터 경성대 병원에서의 임상시험 사고에 대한 TV 뉴스가 나오기 시작하였다. 처음에는 의료사고 차원에서의 방송 내용이었지만 점점 미의연의 μ-아바타 기술을 비난하는 방향으로 변질되고 있었다.

　권 원장의 권유로 며칠 떠나 있기로 하였다. 나는 기자들이 집으로도 찾아올 것 같아서 가족을 다 데리고 저번에 갔던 사찰로 템플스테이를 떠났다. 전화기는 모두 끄고 있으라 했고 권 원장과만 통화할 수 있는 임시 전화기를 가지고 갔다. 우리 가족의 행선지는 권 원장에게도 알리지 않았다. 이런 상황에 대처하는 권 원장이 의외로 침착하였다. 마치 이런 일을 예견했다는 듯하였다.

아직 중·고등학생인 애들은 템플스테이가 지겨울 수도 있었지만 내가 처한 상황을 집사람이 잘 설명했는지 몰라도 아무런 불평을 하지 않았다. 우리 가족은 한 일주일 정도 머물 작정으로 일요일 밤에 출발하였다. 선사에는 다른 외부 사람들이 거의 없어 조용하였다. 절에 도착하니 주지승이 찾아왔다. 저번에 갔을 때는 먼발치에서만 본 적이 있었는데 뭔가 알고 있는 듯한 표정으로 우리 가족을 맞이하였다.

"여기까지 오시느라 수고 많았습니다. 선사에 머무실 동안 속세의 복잡한 일은 잠시 내려놓기 바랍니다. 나무아미타불."

나무아미타불. 아바타라는 말과 묘하게 울림이 비슷하다는 느낌이 들었다. 이것도 불교에서 말하는 인연인가? 그런 생각을 하니 마음이 좀 평안해졌다. 밤이 깊었지만 손전등을 하나 들고 홀로 뒷산을 올랐다. 등이 필요 없을 정도로 달이 밝았다. 도시에서 잘 볼 수 없었던 반딧불도 선명하게 보였다. 어느 시인의 시가 생각이 났다.

해지면 보름달이 휘영청 밝으리
그 달빛 벗으로 삼아 나의 길을 가리니

해지면 나의 별이 샛별처럼 밝으리
그 별빛 좇아 좇아서 나의 길을 가리니

반딧불을 호롱불 삼아서 가리니
달빛도 별빛도 없는 칠흑 같은 어둠에도

저 하늘에 수없이 빛나는 별들 중에
아직은 나의 별을 찾을 수 없지마는

가리니 가리니 나의 길을 가리니
언젠가 그 별이 혜성처럼 내게 오리니

이 시가 이렇게 한 글자도 틀리지 않고 떠올려진다는 것이 신기하였다. 이 시를 읊조리며 숙소에 도착하니 집사람과 애들은 벌써 잠들어 있었다. 나는 시의 마지막 부분을 다시 한번 암송해 보았다.

'가리니 가리니 나의 길을 가리니. 언젠가 그 별이 혜성처럼 내

게 오리니….'

    템플스테이 3일째 되는 날 집사람은 이곳저곳 산사를 살피고 다니면서 재미를 느끼고 있었지만 사춘기의 애들은 지겨워하고 있는 것 같았다. 오후에 졸음이 쏟아질 무렵 권 원장에게서 전화가 왔다. 여러 정황을 봐서 미의연에서 사과 기자회견을 하는 것이 좋을 것 같다는 취지였다. 금요일 10시로 일정을 잡았으니 그날 출근했으면 좋겠다고 하였다. 내키지는 않았지만 수습이 빠르면 빠를수록 좋다고 생각하였다. 나는 하루 전인 목요일에 출근해서 기자회견 준비를 하리라 마음을 먹었다. 갑자기 유 의원이 생각이 났다. 당장은 아니더라고 뭔가 도움이 될 것 같았다.

    "김 박사님~~ 왜 이렇게 연락이 안 되나요?"

    원망과 반가움이 묻어나는 말투였다.

    "잠시 생각을 정리하느라 선사에 와 있습니다. 이번 금요일에 미의연에서 기자회견이 있다고 해서 복귀할 예정입니다."

    "저한테 미리 상의했으면 좋았을 뻔했는데. 하이에나 같은 기자들이 많거든요. 제가 기자들을 좀 아니까 김 박사 입장을 충분히 설득시킬 수 있을 거라 생각했습니다."

    어찌 되었든 금요일에 회견장에 오겠다고 하였다. 나는 가족과 상의해서 목요일 아침 공양을 마치는 대로 집으로 가기로 하였다. 주지승을 만나 좀 일찍 선사를 떠나겠다고 하였다.

"우리 선사에서 좀 평안해지셨나요. 김 박사님이 하시는 연구가 생명을 살리고 중생을 구제하는 것이라 소승도 관심이 많습니다. 부디 잘 수습하시기 바랍니다. 나무아미타불."

내 입장에서는 중생을 구제하는 것이 아니고 μ-아바타를 구제하는 것이 급선무였다. 목요일 오후에 미의연에 가니 권 원장은 없었다. 할 수 없이 금요일에 만날 수밖에 없었다. 갑자기 누군가 찾아왔다고 연락이 왔다. 나는 기자들이겠지 생각하고 누구냐고 물어보니 채희수라는 젊은 여자라고 하였다. 아! 희수. 어떻게 지내는지 궁금했었다. 완치되어 고맙다고 선물을 택배로 보내왔던 기억이 났다. 희수를 구내 커피숍에서 만났다.

"김 박사님. 뉴스 보고 저희 부모님이 꼭 한번 찾아뵈라고 해서 왔어요. 저도 그럴 생각이었고요. 며칠 전에 근처에 올 일이 있어서 들렀었는데 안 계셨어요. 오늘도 그냥 허탕 치는 셈으로 왔어요."

"잘 왔어요. 내가 좋을 때 왔어야 식사도 같이할 수 있었을 텐데…."

"저희 아빠가 고조선대학교 심리학과 교수인데 범죄심리학을 전공했어요. 저희 아빠는 이 사고가 보험 사기가 아닐까 의심해 보았다고 했어요. 의료사고에 가끔은 그런 경우가 있다고 하네요."

나도 비슷한 생각을 하고 있었기에 혹시 도움이 될까 싶어 희수에게 말하였다.

"약간 짚이는 것이 있는데 희수 아버님께 한번 연락해 봐도 될까요?"

일단 전화번호는 받았다. 고조선대학교 심리학과 교수 채수병. 하지만 당장 전화할 겨를이 없었다. 금요일 오전 10시로 예정된 미의연에서의 기자회견을 준비해야 하였다. 유 의원도 온다고 했으니 기자회견 후 유 의원과 사태 수습을 위한 상의를 하면서 보험 사기 건도 거론해 보기로 하였다.

내가 템플스테이로 자리를 비운 며칠 사이에 경성대 병원의 의료사고에 대한 세간의 관심이 좀 줄어드는 것 같았다. 유튜브에서도 의료사고에 대해 경성대 병원과 미의연을 비방하는 댓글이 처음에는 많았지만 차츰 μ-아바타라는 세계적인 기술이 한국에서 최초로 개발되어 실증단계에 접어들었으므로 사고 문책보다는 연구자들을 격려해야 한다는 댓글도 심심치 않게 보였다.

기자 회견장에는 참석한 기자들의 수가 의외로 적었다. 기자들과 떨어진 뒤쪽에 유 의원도 보였다. 권 원장이 대표로 사과문을 낭독하고 나는 배석하여 기자들의 질문을 받았다. 기자들은 대부분 μ-아바타 기술이 신기한지 그 기술이 어떻게 가능한지 하는 등의 질문을 던졌기에 별다른 어려움 없이 대답할 수 있었다. 다만, 한 기자가 의료사고, 동물실험의 윤리 문제 등에 대해 이해할 수 없는 질문을 던졌다. 질문이라기보다는 힐책에 가까웠다.

"인간을 대상으로 한 시험인데 사전 준비가 너무 빈약했던 거 아닌가요? 동물을 대상으로 시험을 하신 건가요?"

"저희가 이번 사고의 가능성을 예측하지 못하고 환자가 사망한 것에 대해 연구책임자로서 책임을 통감합니다. 반려견이나 반려묘를 대상으로도 임상시험을 하였지만 유사한 사고는 발생하지 않았습니다."

"요즈음 동물실험에 대한 윤리문제가 엄격한데 어떻게 동물들을 대상으로 시험할 수 있었던가요?"

이에 대해서는 뒷좌석의 유 의원이 대신 대답하였다.

"김 박사 팀과 미의연의 수의공학연구소에서 공동으로 동물실험하기 전에 동물보호협회에서 와서 별문제가 없다는 의견을 내었고 관련 공공 기관에서도 허락을 받았지요. 제가 그때 협회 사람들과 같이 왔었어요."

그 기자는 더 이상 질문을 하지 않았고 기자 회견은 마무리되었다. 기자들이 돌아간 다음 내 연구실에서 유 의원을 만났다.

"경성대 병원에서의 피해자 보상 건은 제가 좀 중재를 할 터이니 걱정 마시고 연구에 매진해 주세요. 마이크로 아바타 기술이 이대로 사장될 수는 없지 않겠습니까?"

"유 의원님의 도움에 항상 감사하고 있습니다. 그런데 그 환자의 보호자들이 좀 이상해 보입니다. 지나친 생각인지 몰라도 보험 사기가 아닐까 합니다."

"그런 근거가 있나요?"

"그 환자가 치매환자라고 했는데 마이크로 아바타에 대해 잘 알고 있었다고 했고 임상시험을 자원했다고 보호자에게 들었습니다. 그게 좀 이상해서…."

"그럼 제가 경성대 병원 측에 이번 사고와 관련한 자료를 한번 요청해 보겠습니다. 가능하다면 그 보호자들의 인적사항도 알아보겠습니다."

그렇게 별다른 일 없이 주말이 지나가고 나는 월요일에 정상 출근을 하였다. 점심 식사 후 권 원장이 보자고 해서 원장실로 찾아갔다. 그간의 일에 대해 마음고생이 심했을 거라면서 위로해 주었다. 다분히 의례적인 면담인 것 같았다. 잠시 침묵이 흐르고 권 원장은 헛기침을 하고난 후 차를 한 모금 마셨다. 그리고 긴장하여 약간 잠기는 듯한 목소리로 말하였다.

"김 박사님. 그동안 마이크로 아바타를 개발하느라고 쉬지 않고 일하셨는데 좀 쉴 겸 우리 연구원의 안식년 제도를 이용해 해외에 한 1년 다녀오시는 것이 어때요? 아무래도 이번 임상시험 사고 여파로 뭔가 쇄신을 하라는 윗선의 권유도 있고 해서…."

권 원장은 말끝을 흐렸다. 뭔가 이상한 생각이 떠올랐다. 나는 그 생각이 틀리기를 바랐다.

"그러면 제가 하던 연구는 누가 하고 제 보직은 누가 맡지요?"

"마이크로 아바타 연구는 장 박사가 쭉 해 왔던 대로 하면 될 것 같고 오 소장이 임시로 한 1년 맡으면 될 것 같아요."

권 원장은 그 윗선이 청와대라는 것을 넌지시 암시하면서 안식년을 갔다가 오면 원상 복귀될 것이라 하였다. 나의 이상한 생각이 맞는 것 같은 불길한 예감이 들었다. μ-아바타를 둘러싸고 큰 그림이 그려지고 있다는 생각도 하였다. 나는 생각해 보겠노라고 하면서 원장실을 나왔다. 초여름의 뜨거운 태양이 오전부터 작열하고 있었고 내 머리도 덩달아 뜨거워지고 있었다. 발길을 돌려야 할지 잠시 고민했지만 나는 연구실로 발길을 옮겼다. 권 원장이 정치를 한다는 느낌이 들었다. 곧바로 유 의원에게 연락을 하였다. 유 의원은 권 원장이 여당 국회의원들이나 청와대 수석들과 자주 어울렸다는 이야기를 들었다고 하였다. 나는 권 원장이 권유한 내용을 이야기하며 어떻게 했으면 좋겠는지 유 의원에게 물어보았다. 그는 잠시 말이 없었다. 이윽고 권유하는 말이었지만 단호한 어조로 말하였다.

"일단 작전상 일보 후퇴를 하는 게 어떨까요? 마이크로 아바타를 둘러싸고 뭔가 잘 모르는 일들이 기획되었고 현재 진행되고 있는 것 같은데요. 그 실체를 잘 모르는 상태에서 그냥 버틸 수는 없을 것 같습니다."

유 의원이 말에 일리가 있었다. 뭔가 기획되었고 그 중심에 권 원장이 있는 것 같았다. 안식년을 가는 것이 좋겠다고 생각하였다. 그렇다고 무턱대고 '네 가겠습니다.'라고 할 수는 없는 노릇이었다. 뭔가 명분이 필요하였다. 반전을 위한 명분이었다. 나는 고민 끝에 1년의 안식년 기간 동안 경성대 병원에 두어 달 정도 머물고 그다음에 독일로 가리라 마음먹었다. 그 사이 안디와는 자주 임상시험 사고에 대한 이야기를 이메일을 통해 주고받았고 안디도 함의연에서 휴식을 취할 겸 오라고 제안한 바가 있었다. 거대한 음모랄 것까지는 없다고 하더라도 경성대 병원에서 시험 중에 사고가 발생했으니 단서가 있을 것 같았다. 그다음 날 나는 권 원장을 찾아갔다.

"원장님 말씀을 곰곰이 생각해 보았습니다. 원장님의 의견에 따라 안식년을 가겠습니다. 단, 경성대 병원에서 두어 달 정도 근무하게 해 주십시오. 아직 보호자와의 보상 문제가 완전히 해결되지 않아서 제가 가서 깔끔하게 정리를 하는 것이 도리일 것 같습니다. 정리되는 대로 독일 함부르크로 가겠습니다."

권 원장은 약간 당황하는 표정을 지었지만 이내 평정을 찾은 듯하였다.

"김 박사의 뜻이라면 그렇게 하지요. 경성대 병원장에게 연락해서 김 박사님의 자리를 마련해 달라고 요청해 볼게요."

내가 머물 임시 사무실로 경성대 병원 제2별관 3층에 방 하나가 배정되었다. 길게는 3개월 정도 사용할 사무실이라 작아도 되었지만 최근에 건축되어 빈 공간이 좀 있었다. 짐을 정리하는데 부원장과 임 교수가 찾아 왔다.

"김 박사님. 안타깝습니다. 이번 사고가 없었다면 김 박사님을 영구적으로 우리 병원에 모시고 싶었는데. 마이크로 아바타 연구는 아직 끝나지 않았고 우리 병원은 김 박사님이 도움을 주신다면 이번 사태가 진정되고 수습이 된 후 임상시험을 재개할 예정입니다. 이 사무실은 항상 김 박사님의 자리로 남겨 놓을 터이니 독일에 가 계시더라도 중간에 오실 때 이 방을 사용하시기 바랍니다."

부원장은 나에게 이렇게 말한 후 임 교수에게 나를 잘 부탁한다고 하면서 자리를 떴다.

"임 교수님. 부탁이 있습니다."

"네. 뭐든지 말씀하세요. 제가 도움이 된다면 어떤 것이라도 하겠어요. 호호."

"유 의원이 국정감사 기간에 병원에 요청하겠지만, 임 교수님도 지난번 사고와 관련한 모든 자료들을 모아 주십시오. 간접적으로 관련된 자료도 포함해서요. 제가 사고의 원인이 뭔지 알아야 마이크로 아바타 기술을 더 발전시킬 수 있을 겁니다."

창밖에는 8월 늦여름의 열기를 식히는 소나기가 내리고 있었다. 이중 방음창으로 된 넓은 창을 때리는 빗방울이 소리를 잃은 듯 그 소리가 먹먹하게 들리고 있었다.

12.

전화위복

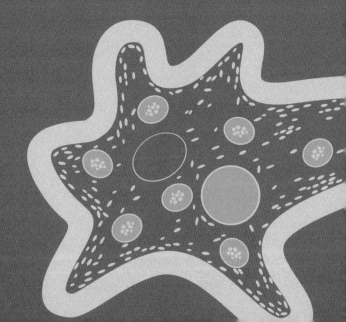

경성대 병원에 대한 국정감사가 시작되기 전에 나는 독일로 떠났다. 떠나기 전에 나는 유 의원과 만나 경성대 병원 임상시험 사고에 대한 의견을 나누었다. 그 사이 서로가 확보한 자료를 교환하였고 나는 일차적으로 분석을 마쳐 그 결과를 유 의원과 공유하였다.

"알아보니 그 환자 앞으로 몇 군데 생명보험이 들었다는 정황이 있습니다. 물론 보험 수급자는 보호자들 앞으로 되어 있지요."

나는 의문이 들어 유 의원에게 물었다.

"그런데 문제는 이런 사고를 보호자가 예측을 할 수 없는 것이지 않아요?"

"만에 하나 보호자가 예측을 할 수 있었다면 그 사고를 기획한 사람이 있다는 이야기이겠네요."

권 원장과 오 소장을 떠올렸지만 장 박사가 움직이지 않았다면 성사될 수 없는 일이었다.

"그럼 보호자와 그 기획자는 이 사고로 이익을 볼 수 있는 동업자 관계가 되는군요."

만일 이 기획이 사실이라면 μ-아바타 주인과 DMA 사이의 신호를 교란하는 장치가 있어야 하였다. 일단 이 정도로만 논의를 하고 독일에 가서도 관련 논의를 이어가기로 하였다.

안디는 예전처럼 나를 반갑게 맞아주었다. 체류 기간이 짧고 언제 중간에 돌아올지 몰라 나는 홀로 독일로 왔다. 함부르크 공항 주변의 나무들이 노랗게 물들기 시작하는 10월 중순 하늘은 뜻하지 않게 맑았다. 안디를 보자 나는 고향에 온 느낌이 들었다. 한동안 최근 일들을 모두 잊고 싶었다. 자의 반 타의 반으로 쉼 없이 달려온 세월이었다. 이택선 박사와도 연락이 되어 함부르크에서 보기로 하였다. 이 박사는 은퇴하여 함부르크 교외 한 단독주택에서 살고 있다고 하였다. 사실 안디와 이 박사는 서로 만난 적이 없었다. 이 박사가 집에 초대한다고 했을 때 안디 이야기를 하니 같이 와도 좋다고 하였다. 아주 오래전에 이 박사 집을 방문한 적이 있었지만 주소가 가물가물하였다. 안디가 마련해 준 연구소 게스트하우스에서 나는 안디를 기다렸다. 안디와 안디 부인인 스텔라도 함께 왔다. 스텔라와 반갑게 인사를 하고 이 박사 집으로 갔다. 한국은 자율주행이 대세이지만 아직 독일은 그렇지 못하였다. 내비게이션 시스템은 좀 구식으로 보였다. 게스트하우스의 숙소도 열쇠를 고집하는 독일이었다.

이 박사는 마당에 숯불로 고기를 구웠고 한자리에서 마시지 못할 양의 포도주도 준비하고 있었다. 나도 한국에서 가져온 소곡주를 풀었다. 독일인인 이 박사 부인은 스텔라와 오래 이야기를 나누었고 나는 안디 그리고 이 박사와 이야기하면서 취기가 오를 때까지 많이 마셨다. 중간에 집사람으로부터 전화가 왔고 횡설수설 통화했던 기억도 났다. 나 자신이 아메바가 된 것처럼 흐느적거렸다. 취중에도 언뜻 언뜻 μ-아바타를 생각했고 나 자신의 μ-아바타가 내 몸속으로 들어가면 어떨까 하는 생각도 해 보았다. 아니 이미 술 취한 내 μ-아바타가 몸속에서 나를 마구 흔들고 있는 것 같았다.

그다음 날은 몸을 가눌 수 없을 정도로 숙취가 심하였다. 오후에 간신히 몸을 추스르고 은행에서 계좌를 만들고 근처 마트에서 간단히 쇼핑을 하고 어두워질 때까지 멍하니 방 안에 있었다. 가져온 라면으로 간단히 저녁을 때우고 다시 잠자리에 들었다. 이날 오전 늦게까지 잠을 잤음에도 불구하고 여독이 풀리지 않았던지 나는 다시 깊은 잠에 빠져들었다. 주말은 홀로 유학생

시절의 익숙했던 거리를 돌아다니면서 보냈다. 사람 몸 크기에 비해 μ-아바타의 크기가 매우 작지만 우주선을 타고 멀리서 지구를 바라본다면 나도 지구에서 돌아다니는 μ-아바타와 비슷한 존재일 것이라는 생각을 해 보았다. 그렇게 주말이 흘러갔다.

월요일 안디가 픽업해서 출근시켜 주겠다는 것을 마다하고 대중교통으로 연구소에 도착하여 안디를 찾았다. 안디는 회의에 들어가 있었고 대신 행정부서 직원이 내가 머물 사무실로 안내하였다. 그 직원은 안면이 있었다. 내가 박사학위 후 함의연에서 근무할 때도 있었던 직원이었다. 반갑게 인사를 하고 안내해 준 방으로 가니 그 방은 내가 이전에 쓰던 사무실과 가까웠다. 지난 시절이 주마등처럼 스쳐 지나갔다. 함의연에는 한국인 연구원도 있어 점심시간에 나를 찾아와 같이 식사를 하였다. 오후에는 안디가 사무실로 찾아왔다.

"김 박사. 사무실이 마음에 들어? 자리가 없어 겨우 조그만 방 하나 구했네. 좀 불편해도 이해해 주게."

"아니 나야 황송하지. 갑자기 오게 됐는데 이렇게 신경 써 주니 고맙네. 독일이나 한국이나 옛 친구가 좋아. 하하하."

함의연에서는 내가 따로 맡은 일은 없었고 이곳 일을 조금씩 도와주곤 하였다. 지난 연구 경험을 토대로 이곳의 연구자들과 자주 토론도 하였다. 시간적으로 여유가 있어 나는 지난 일들을 자주 돌이켜 보았다.

'그 환자의 몸에서 어떻게 RMA가 이상 증식을 했을까? 왜 주치의의 DMA가 제 기능을 못하고 오작동을 했을까?'

　그리고 이 일로 누가 혜택을 볼 것인지 다시 한번 곰곰이 생각해 보았다. 실제 사고가 났던 환자는 임상시험 대상에서 좀 먼 순위였다고 임 교수가 알려 왔었다.

"환자의 보호자가 그렇게 요구한다고 해서 장권룡 박사가 임상시험 순서를 바꾸었다고 해요."

　미의연 입장에서는 보호자가 호의적으로 나오면 반길 일이었다. 장 박사의 결정으로 다른 환자 대신에 그 환자가 시험 대상이 되었고 내가 독일 출장 중에 사고가 발생하였다. 장 박사는 그동안 환자를 대상으로 한 임상시험에 잘 임하였기에 전혀 예상하지 못했던 일이었다. 하지만 내가 책임자라 책임을 질 수밖에 없었다. 예상대로 내 후임으로 오명준 박사가 내정되었다는 얘기가 들려왔다.

　어느 날 오후 안디가 내 사무실로 찾아왔다.

"오늘 내가 김 박사에게 우리 연구소가 자랑하는 설비를 보여주려고 해. 이 설비는 외부에 잘 공개를 하지 않는데 김 박사가 하는 일과 유사성이 많은 것 같아 연구소로부터 특별 허가를 얻었어."

안디가 안내해 준 방에는 뇌파를 이용한 원격로봇수술 장비가 있었다. 그 방에는 스마트폰과 같은 일체의 전자기기를 가지고 들어갈 수 없었다. 외부에서 들어오는 교란신호를 완벽히 차단해야 할 설비라서 엄격히 통제한다고 안디는 그 이유를 설명하였다.

"독일이나 유럽의 지정된 병원에서 이 장비를 이용하여 원격수술을 할 수 있지. 이 방에서 의사가 뇌파를 보내고 그 뇌파를 받은 병원의 로봇이 수술하는 형태지. 어때? 마이크로 아바타와 유사점이 있지 않을까?"

뇌파를 이용해 로봇이나 멀리 있는 사물을 조정한다는 것은 뇌파로 μ-아바타를 조정하는 것과는 유사한 원리였다. 그런데 언젠가 한 병원에서 외부 신호가 유입되어 수술이 잘못된 사례가 있어 외부 신호를 차단하는 시스템을 적용한 수술 장비를 개발하고 있다고 하였다.

"막스플랑크 연구소의 도움으로 이 부분에 양자암호통신기술을 접목하려고 연구를 진행 중이야."

나는 양자암호통신기술이 외부 신호에 영향을 받지 않고 멀리 정보를 전달할 수 있어 μ-아바타에도 충분히 활용해야 할 기술이라고 생각하였다. 하지만 의문이 들었다.

"그런데 뇌파가 전송되기 전에 신호교란이 발생할 수 있지 않을까?"

"그래서 우리가 이 방에 들어올 때 전자기기의 도입을 엄격히 통제하고 있지. 그렇지만 일부러 숨겨 들어오는 초소형 기기는 잘 찾을 수 없어. 검색대에서도 찾기 힘들지. 그런데 이 장비가 작동하면 화면에 미세한 떨림을 야기하고 그 떨림으로부터 초소형 교란 장치를 발견할 수 있지."

이 대목에서 한 아이디어가 떠올랐다.

"CCTV로 녹화된 화면에서도 그런 미세한 떨림을 잡아낼 수 있을까?"

"녹화 장비나 해상도에 따라 달라지겠지만 요즘 데이터 해석 기술이 워낙 발달했기 때문에 대부분 가능할 거야."

만일 안디 말이 맞는다면 μ-아바타실에서 녹화된 화면의 미세한 떨림으로 사고를 야기했던 신호교란의 제공자나 장치를 확인할 수 있을 것으로 생각되었다. 나는 급히 임 교수에게 연락을 해서 그 당시의 CCTV가 녹화분이 있는지 알아봐 달라고 하였다. 몇 달이 지났지만 이전에 임 교수에게 자료를 확보해 놓으라고 부탁했던 일이 기억이 났다. 물론 나는 임상시험 사고 직후에 그 CCTV 화면을 여러 번 돌려 보았지만 별다른 징후를 발견하지 못했었다. 임 교수에게서 연락이 왔다. 그 CCTV 녹화분이 사라졌다는 것이다. 낭패였다.

'어떻게 그 녹화분이 사라졌을까?'

임 교수는 3개월이라는 보존 기간이 지났고 의료사고 후 임시로 설치된 μ-아바타실을 철거하면서 그렇게 된 것 같다고 하였다. 사고가 난 영상이라 당연히 보존되어야 했지만 이해할 수 없는 일이었다. 그 녹화분을 누군가 일부러 지웠거나 없앴다면 내가 품었던 의심은 의심이 아니고 명백한 범죄인 셈이었다. 유 의원에게 연락하여 CCTV 이야기를 하고 그 녹화분을 확보할 수 있는지를 알아봐 달라고 하였다.

독일로 온 지 세 달이 넘어가고 있었다. 여느 독일 날씨처럼 가랑비인지 부슬비인지 모를 비가 하루 종일 내리는 날이 많았다. 특히 일요일 오후에는 거의 모든 상점들이 문을 닫고 거리에 사람 대신 적막함이 넘쳐 났다. 이때쯤 한국에 있는 가족과 화상 통화하는 것이 유일한 낙이었다. 옛날 유학생 시절에는 그냥 혼자 있거나 다른 유학생 집에서 모여 술잔을 기울였었다. 화면에 보이는 큰애는 표정이 밝았다. 일요일 아침이라 부스스한 얼굴이었지만 최근 모의고사 점수를 잘 받았다고 하였다. 나는 학력고사가 끝나면 엄마랑 독일로 놀러와 남부 유럽으로 같이 여행을 가자고 하였다.

그 일요일 밤늦게 유 의원으로부터 연락이 왔다. 한국은 월요일 아침일 터였다.

"김 박사님. 사라졌던 CCTV 녹화분을 찾았습니다."

아주 밝은 목소리였다. 유 의원은 병원 측이 아무래도 사고와 관련된 것이라 감추고 있었던 것이라 찾기 쉽지는 않았지만 국회의원이라는 명함이 힘을 좀 발휘했다고 하였다.

"제가 보건복지위원회 소속 국회의원으로 유럽을 12월 초에 방문하니 그때 직접 가지고 가겠습니다."

해상도가 높아 데이터양이 꽤 많을 것 같았다. 하지만 유 의원이 가지고 온 외장하드는 그 사이즈가 생각보다 작았다. 사무실 컴퓨터에 넣고 돌려 보니 사고가 있었던 시점의 CCTV 화면을 찾을 수 있었다.

"혹시 도움이 될 것 같아서 맨 처음 경성대 병원에서 임상시험을 했을 때의 CCTV 촬영분도 가지고 왔습니다."

"아니 3개월까지만 보관한다고 들었는데 6개월이 넘은 자료를 어떻게 확보하였는지요?

"이것은 세계 최초의 임상시험이 아니었던가요? 당연히 영구 보존해야 하지요."

"정말 잘 되었네요. 사고를 야기한 임상시험과 비교해 볼 수 있을 테니까요."

안디에게 화면 분석을 요청하였다.

"화면 분석은 우리 연구소가 하지는 않고 막스플랑크 연구소에 맡겨야 해. 내가 알아보고 그 연구소에 보낼게."

분석에는 두 달 정도 소요된다고 안디가 전해 왔다. 조급한 마음에 두 달이라는 기간이 매우 길게 느껴졌지만 어쩔 수 없었다. 나는 유 의원과 저녁을 함께 하면서 임상시험 중 발생한 의료사고에 대해 이야기를 나누었다.

"권 원장이 마이크로 아바타 기술이 마치 자기가 개발한 것처럼 떠벌리고 있다고 하네요."

"사고가 났을 때 권 원장의 대처가 의외로 냉정했어요. 그게 다 이유가 있다고 생각했습니다."

"그런데 좀 알아보니 의료사고로 사망한 환자의 보호자가 보험 사기 전과가 있다고 하네요. 그래서 보험사에서 이 사고에 대해 조사를 해 보았지만 의료사고인 게 너무 뚜렷해서 어쩔 수 없이 20억 원가량의 보험금을 지급했다 합니다."

"이번 영상분석 결과를 기다려 보지요. 우리 마이크로 아바타도 결함이 있다는 것을 이번 사고를 통해 알았으니 큰 수확이지요."

"그렇게 긍정적으로 생각하시니 존경합니다. 아무래도 김 박사님이 빨리 미의연에 복귀하여 마이크로 아바타를 더 발전시켜야 하는데…."

"그건 그렇고. 권 원장이나 오 소장이 마이크로 아바타 기술을 유출할까 봐 걱정이 됩니다."

"그러기는 힘들겠지요. 마이크로 아바타 기술이 국가 핵심기술로 보호 대상이 되어 있으니 함부로 할 수는 없을 겁니다."

그렇지만 알 수는 없는 일이었다. 오 박사가 μ-아바타 연구를 주도하면서 공개되지 말아야 할 내용을 학술지 등에 발표하고 자기 나름의 명성을 쌓고자 하였다. 그런데 욕심이 과하여 논문을 조작했다는 내용이 익명게시판에 올라오고 급기야 공개 조사에 들어가기도 하였다. 논문이 게재될 학술지에서도 연락을 받았는지 미의연에 공개 질의서가 도착했다는 이야기도 들렸다. 윤리위원회가 개최되고 오 박사의 논문이 조작인지 검증에 들어갔지만 권 원장의 비호를 받고 있던 오 박사의 논문 조작 사건은 가볍게 넘어가는 듯하였다. 그리고 얼마 전에는 훔볼트 대학병원의 스테판 박사 일행이 미의연을 다녀갔으며 양 기관 간에 자매결연을 할 거라는 소식도 들렸다.

한국에서 가족들이 왔기에 남부 유럽을 여행하면서 성탄절을 맞이했고 함부르크로 돌아오니 해가 바뀌어 있었다. 가족들이 한국으로 돌아가면서 구정에는 한국에 한번 들어오라고 하였다. 나는 그렇게 하리라 마음먹었다. 이번에 가족들과 같이 귀국할 수 있었지만 막스플랑크 연구소의 분석 결과가 올 때가 되어 귀국 날짜를 좀 늦추었다.

구정 바로 전날 안디가 막스플랑크 연구소의 분석 결과가 도착했다고 알려 왔다. 안디가 보내 준 보고서 파일을 열어 보고 있는데 안디가 내 방으로 찾아왔다. 보고서에는 놀라운 내용이 들어 있었다. 분석한 결과를 보여 주는 영상에는 뇌파를 교란하는 전파가 시각적으로 잘 나타나 있었다. 주목할 점은 이 교란전파가 의료사고 시 녹화된 영상뿐만 아니라 희수의 임상시험 영상에서도 보인다는 것이었다. 희수의 임상시험은 총 네 차례 있었는데 세 번째 임상시험 영상에서 교란전파가 있었음을 확인할 수 있었다. 그리고 그 교란전파가 발신되는 곳은 의사 가운에 달린 단추로 추정되었다. 두 분석영상에서의 차이점은 한 영상에서는 교란전파가 한 곳에서 나왔지만 다른 영상에서는 두 곳에서 나왔다는 점이었다. 첫 번째 것은 뇌파 교란 장치의 작동을 시험하는 것이라고 생각되었다. 두 임상시험은 차이점이 있었다. 사고가 발생했던 임상시험의 경우 동행한 주치의의 DMA가 RMA를 제어하도록 한 반면 희수 양의 경우 내 DMA가 직접 RMA를 제어했었다. 아무래도 위기 대처능력이 상대적으로 떨어지는 주치의의 DMA를 교란하는 것이 쉬웠을 것이었다. 그런데 나는 장 박사가 RMA를 제어하는 것으로 알고 있었는데 사고가 난 뒤 그렇지 않았음을 확인하였다. 이에 대해 장 박사에게 물어보았지만 확실한 답변은 없었다. 그는 향후 μ-아바타를 직접 운영해야 하기 때문에 병원 측이 원했다고 하였다. 임 교수는 병원에서 그렇게 요구한 적이 없다고 하였다. 그랬다면 사고 책임이 병원에 있을 수 있으니 말도 안 되는 소리라 하였다. 어찌 되었든 영상분석 결과는 뇌파 교란 장치가 유입되어 임상시험 중에 사용되었다는 것을 말해 주고 있었다. 그런데 의문이 들었다.

'왜 내가 주도한 3차 μ-아바타 임상시험에서는 아무런 문제가 발생하지 않았을까?'

나는 희수 양은 1, 2차 임상시험으로 건강이 거의 회복된 상태라서 의료사고 확률이 낮았고 한 개의 교란 장치로는 충분하지 않았기 때문이라 추측해 보았다. 가만히 생각해 보니 동행한 희수 주치의의 DMA가 중간중간 이상한 행동을 하는 것을 목격했었다. 임상시험이 끝나고 그 주치의에게 물어보니 간헐적으로 어지럼증을 느꼈다고 했었다. μ-아바타가 되면 그러려니 생각했다고 말했었다. 나는 일단 이 사실을 유 의원에게 알렸고 귀국하는 대로 만나자고 하였다. 한 2주 정도 휴가차 귀국하려고 생각하였다.

1년의 안식년이 벌써 반환점을 돌았다. 구정이 지난 함부르크는 대서양의 영향으로 습하고 춥지 않아 곳곳의 잔디가 파릇함을 유지하고 있었다.

'누가 어떻게 뇌파 교란 장치를 들여왔을까? 그래. 그 가운을

확보해야 해!'

임상시험 때 주치의가 입고 있었던 가운을 확보해야만 하였다. 급히 임 교수에게 연락하였다. 나는 임 교수에게 영상분석 결과를 간단히 설명하고 희수의 주치의와 사고가 났던 환자의 주치의가 입었던 가운을 찾아 달라고 하였다. 아니 그 가운에 달려 있던 단추를 찾아 달라고 하였다. 그런데 임 교수에게서 돌아온 답은 실망스러웠다. 두 가운 다 소각되었거나 행방을 모르겠다고 하였다.

"그런데 단추 하나는 확보했어요."

"아니 어떻게?"

닥터 서가 희수를 대상으로 한 3차 μ-아바타 임상시험 바로 전에 누군가가 가운 단추가 떨어졌다고 해서 무심코 가운의 위 호주머니에 넣었었는데 임상시험 후 사무실에서 돌아와서 보니 주머니에 뭔가 있어서 꺼내 책상 서랍에 클립과 함께 보관하고 있었다고 하였다. 그 말을 듣고 나는 다시 그 분석영상을 살펴보았다. 이제 보니 교란신호는 위쪽 호주머니에서 나오고 있었다. 반면 의료사고가 난 분석영상에서는 가운의 단추 두 곳에 나오고 있었다. 결국 가운을 따로 제작해서 교란신호를 발생하는 단추를 달아서 그 주치의에게 착용하도록 하고 사고를 낸 것임에 틀림이 없었다. 처음에는 시험용으로 단추만 희수 양 주치의에게 제공한 것으로 추정되었다. 모든 것이 뚜렷해졌다. 곧 귀국할 테니 그 단추 잘 보관하고 있으라고 임 교수에게 말해 두었다.

공항에는 임 교수가 그 단추를 가지고 나와 있었다. 마음이 급했기 때문에 그길로 곧장 대전에 있는 DAIST 전 교수를 찾았다. 유 의원도 그곳으로 오겠다고 하였다.

전 교수가 그 단추를 보자 말했다.

"초소형은 아니지만 정교한 제품인 것 같네요."

"원격 조정이 가능한가요?"

"그렇지는 않습니다. 그렇지만 대기모드로 있다가 뇌파가 전송이 되면 활성화될 수 있는 장치이지요."

"국내에서 이런 것을 만들 수 있나요?"

"이 정도 수준이면 국내에서도 제작할 수 있겠지만 수익성이 없는 것이라 제작하지는 않을 것 같네요. 수입했을 가능성이 높습니다."

유 의원이 도착했고 전 교수가 단추에 대해 설명하였다. 앞으로 어떻게 해야 할지 유 의원과 논의하기 위해 전 교수 방을 나왔다. 임 교수로부터 들었던 사실 하나는 미의연 측에서 가운을 제작해서 마지막 임상시험용으로 제공했다는 것이었다. 그 가운에는 경성대와 미의연의 로고가 같이 있었고 주치의는 그 가운을 입어야만 μ-아바타실에서 임상시험을 할 수 있는 것으로 생각했다는 것이었다.

유 의원이 혼잣말처럼 말했다.

"그렇다면 누가 언제 어디서 그 단추가 달린 가운을 제작해서 경성대 병원에 공급했을까요?"

"미의연에서 공개적으로 할 수 없을 것이니 한두 사람이 비밀리에 움직였겠지요. 이 건에 대해 수사를 요청하는 것이 어떨까요?"

"글쎄요. 뚜렷한 범죄 혐의가 없는 상태에서 섣불리 공개수사를 요청할 수 없을 뿐만 아니라 그렇게 되면 우리의 의도가 알려지니 아직 시기 상조라 생각됩니다."

그때 남신배 연구원이 생각이 났다. 남 연구원은 본래 의공학 실증연구소 오 소장 팀의 팀원이었지만 내가 미의연에 온 후 1년 정도 뒤에 우리 팀에 합류하였다. 하지만 최근 경성대에서 임상시험이 진행되기 전에 원래 소속 팀으로 복귀하였다. 남 연구원은 내가 주도한 임상시험에 참여하지 않았지만 3차 임상시험에 보였던 것 같았다. 그리고 사고가 난 임상시험에서 임시 책임자가 오 소장이었으니 분명 그 시험 장소 부근에 있었을 것으로 생각되었다.

'남 연구원이 행동 책이 아니었을까?'

유 의원과 헤어지고 집으로 오면서 이런 생각을 하였고 이때 떠오른 사람이 희수의 아버지 채수병 교수였다. 채 교수에게 남 연구원의 동선을 비공개적으로 파악해 달라고 부탁해 볼 셈이었다. 채 교수가 범죄심리학 전공이니 그쪽 인맥이 많을 것으로 생각되었고 희수 일로 기꺼이 도움을 줄 것 같았다. 나는 희수가 알려 준 전화번호로 전화를 하였다.

"안녕하세요. 김행헌입니다. 이전에 희수가 임상시험하면서 만나 뵈었었지요."

"아아. 김 박사님. 언제 한번 뵙고 싶었었는데 전에 희수가 찾아가서 만나 뵈었다 하더라고요. 독일에 가 계신다는 이야기를 들었던 것 같은데 지금 어디 계세요?"

"잠시 한국에 돌아와 집에 머물고 있습니다."

"그럼 한번 뵙지요. 제가 계신 곳을 찾아가겠습니다. 내일 오전에 수업이 끝나면 곧바로 내려가겠습니다."

"아니 제가 내일 서울 갈 일이 있으니 오후에 찾아뵙겠습니다."

나는 경성대 병원에서 임 교수를 만나 이번 일을 상의하고 채 교수가 있는 고조선대학교로 갈 작정이었다. 경성대 병원과 고조선대학교는 지리적으로 매우 가까웠다. 교문 근처 단군을 모시는 제당을 지나 언덕으로 올라가니 학생회관 건너편에 인문사회관이 있었다. 채 교수는 그 건물 입구에서 나를 맞았다. 서로 구면이었기에 금방 알아볼 수 있었다.

"저번 임상시험에 희수를 보내 주셔서 정말 고마웠습니다."

"아니 저희가 너무 감사합니다. 처음에는 많이 망설였었는데 희수가 죽을 것 같다는 생각이 들었습니다. 지푸라기라도 잡는 심정이었습니다."

나는 찾아온 용건을 이야기하고 도움을 청하였다. 채 교수는 기꺼이 도움을 주겠다고 하였다.

"제 생각으로는 경성대 병원 환자가 아닌 사람이 임상시험에 참여하게 된 사정을 먼저 알아보는 것이 좋을 듯합니다. 제가 아는 수사관도 있고 보험 사기를 전문으로 다루는 보험사 직원도 있으니 적극적으로 알아보겠습니다."

채 교수와 헤어지면서 임 교수에게 사망한 환자나 그 보호자에 대한 신상을 파악해서 채 교수에게 전달해 줄 것을 요청하였다. 그리고 며칠이 지났다. 그런데 뜻밖에 전 교수로부터 연락이 왔다.

"김 박사님. 그 단추 모양의 신호교란 장치와 같은 제품을 찾아냈습니다."

국가정보기관에서 연락이 왔었는데 산업스파이 혐의가 있는 사람의 사무실을 수색하니 수상한 단추가 나와서 그 용도를 전 교수에게 물어 왔다는 것이었다. 그 사람은 현재 검찰 조사를 받고 있다고 하였다. 그 사람을 조사해 보면 그 단추와 같은 제품이 미의연에 전달되었는지 알 수 있을 거라는 생각을 전해 왔다. 나는 곧바로 이 사실을 채 교수에게 알렸다. 채 교수가 인맥을 통해 그 사람이 누군지 그리고 어디서 무엇을 하고 있었는지 알아보겠다고 하였다. 그리고 덧붙여 말하였다.

"안 그래도 마침 전화하려 했었는데 잘 되었네요. 그 사망한 환자가 파주의 한 요양원에 있었는데 그 요양원 원장이 오 소장 사촌누나라고 합니다. 아마도 오 소장이 그 요양원에 입원 중인 환자 보호자를 설득해서 임상시험에 참가한 것 같습니다."

나에게 일어났던 이상한 일들의 실체가 수면 위로 떠오르는 것 같았다. 만일 이 모든 것이 권 원장이 기획하고 오 소장과 남 연구원이 역할 분담을 해서 이루어진 일이라면 장 박사는 아무것도 몰랐을까? 몰랐다고 하기는 석연치 않은 구석이 많았다. 내가 독일로 출장 간 사이에 일이 벌어졌는데 장 박사는 제때 제대로 나에게 보고하지 않았다. 하지만 장 박사까지 의심하기에는 너무 복잡하고 힘들었다.

채 교수가 조사한 것을 알려 왔다. 우선 오 소장은 그 요양원을 통해 적절한 환자를 물색하였고 그중에 정부 보조금 이외에 자비부담금조차 내기 힘들어 연체하고 있는 보호자를 택해 설득했다고 하였다.

"제가 아는 보험사 직원이 그 보호자를 만나 오 소장과 접촉한 사실을 확인하였다고 합니다. 오 소장은 요양원 원장을 통해 임상시험에 대한 보상을 제안했다고 합니다."

그리고 채 교수는 나에게 그가 아는 수사관을 통해 들었던 이야기를 전해 주었다.

"산업스파이 혐의로 피의자 심문을 받고 있는 용의자가 남 연구원에게 단추형 신호교란 장치를 제공했다는 자백을 했다고 합니다. 그 장치는 중국에서 들여왔는데 제작사는 모른답니다."

나는 남 연구원을 만나 확인하고 싶었다. 채 교수의 도움으로 그 수사관을 대동하기로 하였다. 우리 팀에서 일하고 있는 임 교수 제자인 이지연 연구원으로 하여금 남 연구원을 일과 후에 개인적으로 만나도록 하였다. 실제 임 교수 제자가 남 연구원을 만나는 것이 아니고 대신 나와 그 수사관이 그를 만날 것이었다. 약속 장소에 남 연구원이 나와 있는 것이 보였다. 이 연구원을 기다리다 내가 나타나니 매우 당황하는 눈치였다.

"어~~ 김 박사님. 독일에 계신 줄 알고 있었는데요."

"응. 한국에 휴가로 보름 전에 왔어요."

이렇게 말하고 보니 처음 계획한 휴가 기간이 다 지난 것을 알았다. 어찌 되었든 사건을 어느 정도 해결하고 돌아갈 생각으로 비행기 탑승 날짜를 바꾸었었다.

"그런데 여기는 웬일이세요?"

"여기 같이 온 검찰청 소속의 이 수사관인데 남 연구원에게 문의를 해 볼일이 있다고 하네.”

남 연구원은 얼굴이 새파랗게 질리는 것 같았다.

“모든 것을 다 알고 왔으니 잘 대답해 주길 바라요.”

처음에 머뭇거리며 잘 모른다고 하다가 지금까지의 일들을 상세히 이야기하자 내가 짐작했던 사실을 확인시켜 주었다. 나는 이날 일을 함구하도록 남 연구원에게 다짐을 받았다. 이 사건이 공론화되면 남 연구원을 포함한 많은 사람들이 다칠 수 있어 조용히 처리하고자 하니 협조해 달라고 하였다. 그런데 나는 궁금하였다.

“그런데 이 일에 장 박사의 역할이 무엇인지 알고 있어요?”

남 연구원은 장 박사는 이 일에 가담하지는 않았다고 하였다. 단지 알고서도 방관하는 자세를 취했다고 하였다.

“최 소장이 장 박사에게 일이 잘되면 김 박사 후임으로 의공학기초연구소 소장이 될 수 있다는 약속을 했다는 이야기를 들었습니다.”

“그리 되었군.”

쓸쓸한 느낌을 지울 수 없었다. 하지만 남 연구원도 모를 뭔가 다른 것이 있을지도 모르겠다는 생각을 하였다. 그것은 권 원장만 알 수 있을 것이었다. 만일 그것이 있다면….

나는 유 의원한테 뒷일을 부탁하고 독일로 돌아갔다. 유 의원은 권 원장을 만나 모든 것을 밝히고 거취를 결정하라고 재촉할 것이라 하였다.

"권 원장으로서는 받아들일 수밖에 없을 겁니다. 형사 사건으로 가게 되면 실형을 받을 것이 명백하기 때문이지요."

유 의원은 내가 독일로 돌아간 후 얼마 있다가 권 원장을 만났으며 일이 잘 마무리될 것이라는 연락을 보내왔다. 모든 것이 계획대로 잘될 것으로 생각하고 있었던 권 원장은 처음에는 터무니없는 모함이라고 소리쳤다고 하였다. 더 깊이 파고들면 권 원장을 도와주었던 사람들도 다치게 된다고 하니 권 원장도 백기를 들었다고 하였다.

이제 내 안식년이 4개월 정도 밖에 남지 않았다.

'그때까지는 권 원장이 모든 것을 정리하고 자리에서 물러나겠지.'

내가 독일로 되돌아온 후 오랜만에 독일 날씨도 화창한 날이 계속되었다. 4월답지 않게 날씨도 따뜻했고 꽃들이 만개하고 있었다. 하지만 어떤 사람들에게는 매우 잔인한 4월이었다. 오 소장은 공금횡령과 요양원과의 부당 거래로 파면되었고 이에 연루된 남 연구원은 권고 사직하는 것으로 마무리되었다. 권 원장은 그 책임으로 사임하였고 나는 원장 대행으로 발령을 받았다. 장 박사는 경성대 병원에서의 마지막 임상시험에서의 과실이 인정되어 6개월 정직을 받았다. 아이러니하게 μ-아바타를 이용한 임상시험과 관련한 징계는 장 박사뿐이었다. 사실 표면적으로 이 시험에 참여한 연구원은 장 박사뿐이니까.

13. 　　　　　새로운 출발

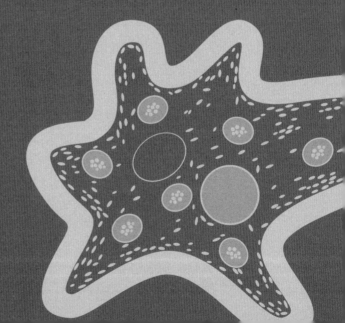

집사람이 짐을 정리해 준다는 핑계로 독일로 왔고 이택선 박사의 초청으로 이 박사 집에 안디 부부와 같이 모였다. 이 박사는 그간의 노고를 위로하고 나의 원장 취임을 축하하는 자리라고 하였다.

　"김 원장. 축하해. 축하 선물 하나 준비했어."

　안디가 뭔가를 꺼내며 내게 말하였다.

　"아니 선물이 뭐 필요해? 축하 선물을 준다 하니 달갑게 받겠네. 안디도 아마 곧 연구원장으로 진급하겠지."

　"나는 진급하게 되면 다른 도시로 가게 될 것 같아. 김 박사처럼 함부르크를 떠나지."

　이 박사가 나와 안디 사이의 대화에 끼어들었다.

"다들 떠나면 나 혼자 함부르크에서 외로워서 어떻게 살지? 하하하."

"이 박사님. 한국으로 돌아오세요. 저희가 잘해 드릴게요. 하하하."

"아니 그냥 농담이야. 여기가 내 고향이지 뭐. 그런데 안디의 선물이 뭔지 궁금하구먼."

50호 정도 크기의 유화 같았다.

"더 크게 만들고 싶었지만 안 가지고 갈까 봐 이 정도로 했어. 내 친한 친구 중에 화가가 있어. 그 친구한테 저번 분석영상에서 한 장면을 이용해 추상화 하나 만들어 달라고 부탁했었지. 어때 멋지지 않아? 김 박사도 그림 좋아하지?"

전혀 뜻밖이었다. 나에게 아주 뼈아픈 것을 일깨워 주는 그림이었다. 그것은 바로 지금의 μ-아바타가 가진 치명적인 결함으로 미의연으로 복귀하면 시급히 해결해야 할 문제였다.

"김 박사한테는 아주 뜻깊은 선물이 되겠는걸. 난 줄 선물이 없어 어떡하지. 하지만 술과 안주를 많이 준비했으니 마음껏 즐기자고. 참, 헬무트 박사가 돌아가셨다고 취리히에 있는 내 아들이 얼마 전에 알려 왔어. 이 축하 자리에 말하기는 좀 뭐 하지만 그래도 김 박사 연구에 많이 보탬이 되었잖아."

"아~ 그렇군요. 언제 한번 슈투트가르트에 가볼 생각이었는데…."

안디가 준 그림의 교란신호 형상에 헬무트 박사의 얼굴이 겹쳐 헬무트 박사의 얼굴이 파도처럼 출렁이고 있었다. 해 질 무렵의 해는 길고 긴 햇살을 마당 가득히 채우고 있었고 나는 빈 잔에 포도주를 한껏 채웠다.

내가 독일 생활을 정리하고 미의연에 복귀한 것은 6월 초였다. 1년의 안식년을 다 채우면 8월 말이 되지만 원장 대행으로 발령을 받았기에 미의연을 오랫동안 비워둘 수는 없었다. 5월 중순에 돌아와서 그동안 도와주었던 사람들을 만나고 앞으로 할 일에 대해 구상도 하였다. 유 의원은 내년 초 총선 때문에 매우 바쁘게 돌아다니고 있었다. 채 교수의 초대로 서울의 조용한 곳에서 부부 동반 식사를 하였다. 내가 궁지에 몰렸을 때 대다수의 사람들이 나를 멀리했지만 채 교수는 확실한 우군 중의 한 사람이었다.

"김 박사님. 이렇게 초대에 응해 주셔서 대단히 감사합니다. 앞으로는 뵙기가 정말 힘들 것 같은데요."

"아닙니다. 채 교수님이 아니었다면 제가 이 자리에 있겠습니까? 희수는 건강하게 잘 있지요?"

"네. 아주 잘 있습니다. 오늘 같이 오면 좋았을 텐데. 이번 학기 영국 케임브리지대학에 교환학생으로 가 있습니다. 방학 때 오면 한번 같이 찾아뵙겠습니다."

"앞으로도 이번 일과 유사한 문제가 생기면 채 교수님의 도움을 청하겠습니다. 앞으로도 쭉 도와주실 거지요?"

"물론입니다. 김 박사님 일이라면 항상 기꺼이 도와드리겠습니다."

미의연에 복귀하여 원장실로 향하니 중간에 만나는 연구원들이 밝은 표정과 목소리로 인사를 하였다. 전에도 그랬겠지만 이날은 더 그렇게 느껴졌다. 원장실에 딸린 회의실에서 부서장들과 간단한 회의를 주재하고 넓은 원장실에 앉았다. 권 원장의 흔적은 찾을 수 없었지만 나는 마치 다른 사람의 옷을 입은 듯 불편함을 느꼈다. 원장으로서 해야 할 결재를 하고 본래 내 연구실로 가 보았다. 나름 정리를 하고 떠났지만 원장실과 달리 무질서하였다. 하지만 나는 이 무질서함이 아주 친숙하게 느껴졌다. 나는 아직 원장 대행이지만 조만간 이사회가 열려 정식 원장으로 취임할 것으로 알려졌다. 이런 소식은 유 의원이 가장 빠르고 정확하였다.

멀리서 볼 때는 몰랐지만 원장으로서 할 일이 의외로 많았다. 일 자체보다는 대내외적인 행사가 많았다. 새삼 이전 원장들의 노고를 생각하게 되었고 원장은 아무나 하는 것이 아니라는 생각을 해 보았다. 나로서는 연구할 시간이 없었다. 그런 의미에서 실속이 없는 자리였다. 이런 푸념을 가끔 유 의원에게 했지만 미의연으로서는 당장 대안이 없었다. 정치권도 총선을 코앞에 두고 있어 관련 상급 기관도 정치권의 눈치를 보고 있었다. 이사회는 예정대로 열렸고 나는 무난하게 대행을 졸업하였다. 나는 취임식을 공개적으로 하는 대신에 사내 이메일로 짧은 취임사를 전 연구원들에게 보냈다.

[세상을 살다 보니 앞만 보고 연구에 매진하는 것이 능사가 아님을 깨달았습니다. 남이 하지 않는 연구는 대부분 외면을 받지만 μ-아바타 기술과 같이 부담스러울 정도로 많은 관심을 받기도 합니다. 이 관심은 애정일 수도 있고 시기와 모함일 수도 있습니다. 원장으로서의 저는 외부의 애정 어린 관심은 여러분들에게 가감 없이 보내드리고 시기와 모함은 제가 적극적으로 방어하고자 합니다. 다들 연구를 열심히 잘하고 계시니 연구에 대해서는 이 글에서는 언급하지 않으려고 합니다. 그리고 이 이메일을 저의 취임사로 갈음하고자 합니다. 감사합니다. 원장 김행헌 드림.]

미의연 원장으로 정식 취임한 지 8개월이 넘었다. 직접적인 연구는 하지 못했지만 μ-아바타에 대한 관심도가 국내외적으로 높아져 관련 행사도 많아졌다. 그동안 경성대 병원에서도 임상시험이 몇 차례 수행되어 무난하게 끝났고 μ-아바타 기술에 대한 신뢰도도 높아졌다. 당장 μ-아바타 기술을 상용화하자는 요구가 많아졌다. 하지만 나는 μ-아바타 상용 시스템 개발을 늦추고 있었다. 추가로 개발해야 할 일들이 있었기 때문이었다. 이러한 일들을 가능한 한 직접 하고 싶었지만 원장이라는 보직을 가지고는 불가능하였다. 지난번 의료사고 조작 사건 때문에 새로운 인물이 원장으로 오는 것도 당분간 어려워 보였다.

총선이 끝나 유 의원은 무난히 당선이 되었다. 나는 유 의원에게 축하 화환을 보냈고 전화통화가 어려워 한번 만나자는 메시지를 남겼다. 유 의원은 보건복지위원회 소속의 국회의원으로 미의연을 공식적으로 방문하였다. 유 의원은 짬을 내어 원장실에서 차를 마시면서 그간 일에 대하여 나와 담소를 나누었다. 나는 심중의 이야기를 꺼내 놓았다.

"유 의원님. 제가 원장으로 있으니 μ-아바타 연구가 진전이 안 되고 있습니다. 제가 원장직을 내어놓고 싶은데 그게 쉽지 않아 보입니다."

"현재로서는 김 박사 이외에 대안이 없어 보입니다. 김 박사님의 명성이 워낙 자자해서. 하하하."

"과찬이십니다. 그래서 하는 이야기인데…."

좀 뜸을 들였다. 유 의원도 약간 긴장하는 듯하였다.

　　　　　　　　　　　　　　마이크로 아바타

"저희 마이크로 아바타 연구 팀을 독립하는 것이 어떨까요? 마이크로 아바타 기술과 그와 관련한 분야가 커지니 마이크로 아바타 연구 또는 기술 센터를 만들면 제가 대외 행사에 시간을 덜 뺏기고 연구에 좀 더 집중할 수 있을 것 같습니다."

"취지는 잘 알겠습니다. 그럼 김 박사님의 생각을 발표할 기회를 마련할 테니 잘 준비해 주십시오. 제가 이번에 보건복지위원회 위원장이 되었으니 위원장 이름으로 김 박사님을 국회로 한번 초청하겠습니다."

"유 의원님. 정말 감사합니다. 마이크로 아바타 연구센터가 독립하면 미의연 원장으로 올 사람들은 많이 있을 것 같습니다. 자료를 잘 준비해 보겠습니다."

나는 μ-아바타 연구센터가 독립하면 하게 될 연구 아이템들을 고민해 보고 생각을 정리해 보았다.

'새로운 기능을 부여한 μ-아바타 개발, 병정 μ-아바타의 업그레이드 등은 기존에 해 왔던 연구의 연장 선상에서 하면 될 것이다. 혈관 안에서 활동하기 위해 μ-아바타가 어떤 무기가 더 필요할까? RMA 대신에 백혈구를 조정하는 방법도 있지 않을까? 병원균을 파괴하는 활성산소를 제어하는 방법을 없을까?'

지난번 임상시험에서 희수와 같이 의식이 뚜렷한 환자는 μ-아바타가 되어 주치의 μ-아바타와 동행해도 될 것 같다는 생각도 들었다. 이런저런 아이디어를 메모지에 적어 놓고 나는 커피 한 잔을 들고 창밖을 내다보면서 생각에 잠겼다.

'μ-아바타 기술이 개발될수록 외부의 견제가 심해질 것이다. 그래도 μ-아바타 기술은 계속 개발되어야 한다. 그런데 지금 내가 생각하는 것들이 개발되면 사람들은 더 행복해질까?'

II.

도전과 응전의 시대
- 시놉시스 -

국립미래의공학연구원(미의연)에서 μ-아바타 연구센터가 독립하면서 김 박사는 센터장으로 취임하였고 μ-아바타 기술을 고도화하는 연구를 지속한다. 입원환자를 대상으로 미의연과 공동으로 μ-아바타 임상시험을 해온 경성대 병원도 μ-아바타 치료 센터를 개설하고 μ-아바타 연구센터와 긴밀한 협조체계를 구성한다. μ-아바타 연구센터도 자체적으로 임상시험이 가능해졌기에 김 박사는 김 박사 어머니에 대한 μ-아바타 임상시험을 시도한다. 그녀는 지주막하 출혈이라는 뇌질환으로 오랫동안 요양병원에 입원해 있었다. 그녀는 김 박사만 알아볼 정도로 인지 기능이 저하되어 있으며 한쪽 손과 다리도 움직일 수 없는 상태이다. 재활치료는 효과가 없었기에 김 박사는 μ-아바타를 이용해 손상된 혈관을 복구하고 뇌의 주변조직과 뇌세포를 복구하면서 어느 정도 치료 효과를 본다. 그녀의 인지기능이 나아졌고 한쪽 발의 움직임도 좋아져 그녀를 경성대 μ-아바타 치료센터로 보내 계속 치료하게 한다. 그리고 김 박사는 μ-아바타로 인체 내의 백혈구를 제어하는 기술 개발에 착수한다. 이 기술이 개발되면 RMA 기능과 합쳐져 인체의 면역능력이 배가되고 자가면역질환이 원천적으로 해결될 것이다.

한편 미의연을 퇴사했던 오명준 박사, 남신배 연구원이 민간 회사에 취업한다. 그 회사는 김 박사의 혈관 시뮬레이터를 이용한 고혈압 연구 결과를 이용하여 개발된 다기능 혈압/혈류 측정기를 만들었던 의료기기 회사인 (주)종연이다. 오 박사와 남 연구원이 종연에 합류함으로써 종연에서도 μ-아바타를 연구를 시작한다. 종연은 μ-아바타 연구소를 설립하고 초대 소장으로 권모수 전 미의연 원장을 초빙한다.

종연은 연구소 설립과 함께 μ-아바타 기술의 상품화를 위한 공격적인 경영을 추구한다. 김 박사 팀에서 오랫동안 같이 연구해 왔던 장권룡 박사를 스카우트해 가면서 김 박사 연구에 상당한 타격을 입히고 해외 거대 자본을 끌어들여 연구 개발에 많은 투자를 한다. 장 박사는 규정상 동일한 업무로 바로 민간 회사에 취업할 수 없지만 종연은 비공개적으로 장 박사를 지원하고 장 박사를 비밀리에 연구 개발 프로젝트에 참여시킨다.

한편 독일 홈볼트 대학병원도 μ-아바타 기술을 이용한 진료와 치료 그리고 관련 의료기기를 만들기 위한 부설 연구센터를 출범시키고 그 센터장에 스테판 박사를 임명한다. 홈볼트 대학병원은 μ-아바타 기술 개발을 위해 오랫동안 은밀히 헬무트 박사의 도움을 받아왔었다. 홈볼트 대학병원은 또한 충분한 자금력을 바탕으로 종연에 투자하여 상당한 지분을 확보한다. 종연과 독일 홈볼트 대학병원이 μ-아바타 기술과 관련하여 손을 잡고 김 박사의 μ-아바타 연구센터와 경성대 μ-아바타 치료센터와 경쟁 구도를 형성한다.

김 박사의 μ-아바타 연구센터는 μ-아바타에 새로운 기능의 부여, 새로운 개념의 μ-아바타 개발 등에 초점을 맞추어 연구를 진행해 나가는 반면, 종연은 μ-아바타가 되기 전의 기능성 아메바를 이용한 상품 개발과 중대형 병원에 μ-아바타 치료센터를 개설하고 운영하는 데 초점을 맞춘다. 반면 독일의 홈볼트 대학병원은 함의연의 연구 결과와 접목하며 μ-아바타를 이용한 원격진료 및 치료가 가능한 시스템 연구에 많은 투자를 하고 μ-아바타 기술을 이용한 의료사업을 세계적으로 확장하고자 한다.

한편 김 박사는 경성대 병원과 함께 남미 브라질 대통령 가족의 뇌질환을 치료하면서 세계적인 명성을 쌓아간다. 또한 개성대학교의 홍 교수와 같이 μ-아바타가 백혈구를 완벽히 제어할 수 있는 기술 개발에 성공함으로써 2세대 μ-아바타를 탄생시킨다. 이 소식이 알려지자 훔볼트 대학병원에서도 유사 기술을 개발하기 시작하고 김 박사에게 자문을 요청한다. 안디의 요청도 있어 김 박사는 다시 독일 베를린으로 향한다. 하지만 김 박사는 독일 출장 중 납치되고 만다. 김 박사를 납치한 사람들은 자신들을 한반도의 통일을 반대하고 조선민주주의인민공화국을 재건하려고 뭉친 사람들이라고 밝힌다. 그들은 김 박사로 하여금 뇌질환을 앓고 있는 자신들의 지도자를 μ-아바타를 이용해 치료해 줄 것을 요구한다. 놀랍게도 이들은 완벽한 μ-아바타실을 갖추고 있었는데….

김 박사가 치료를 마치고 떠나려는 시점에 독일 정보 기관 사람들이 들이닥치고 그곳의 μ-아바타실이 난장판이 된다. 다시 이들에게 잡혀 조사를 받고 있는 도중에 김 박사는 이들이 독일 정보 기관 소속이 아닌 정체불명의 조직원임을 알게 된다. 김 박사의 운명은 어떻게 될 것인지….

핏속의 요정
마이크로
아바타

ⓒ 김민태, 2023

초판 1쇄 발행 2023년 7월 20일

지은이   김민태
펴낸이   이기봉
편집   좋은땅 편집팀
펴낸곳   도서출판 좋은땅
주소   서울특별시 마포구 양화로12길 26 지월드빌딩 (서교동 395-7)
전화   02)374-8616~7
팩스   02)374-8614
이메일   gworldbook@naver.com
홈페이지 www.g-world.co.kr

ISBN   979-11-388-2119-3 (03810)